Goldmann SCIENCE FICTION
Band 0237

G. C. Edmondson · Der Aluminium-Mann

Von G. C. Edmondson
sind außerdem im Wilhelm Goldmann Verlag erschienen:

Kleines Schiff im Strom der Zeit. (0210)
Wann erobern wir die Welt. (0234)

G. C. EDMONDSON

Der Aluminium-Mann

THE ALUMINIUM MAN

Science Fiction-Roman

WILHELM GOLDMANN VERLAG
MÜNCHEN

Made in Germany · I · 1110
 Umschlag: Jürgen F. Rogner. Satz und Druck: Presse-Druck Augsburg. SF 0237 · bru/hu
ISBN 3-442-23237-6

I

Es war reiner Mord. Elegant, weltmännisch und witzig machte dieser Mohawk-Indianer Rudolf mit einem Martini-Glas fertig, und das, ohne einen Tropfen zu verschütten.

»Wir sind von den Six Nations«, sagte er gerade, »hatten die Eisenaxt- und Kanu-Revolution ein ganzes Jahrhundert zuvor durchgemacht, bevor ihr Prärie-Indianer auf das Pferd gekommen und plötzlich edle Krieger geworden seid, statt euch das zu holen, was die Wölfe übriggelassen hatten.« Das Glas unterstrich mit graziösen Bewegungen die Worte. Rudolf spürte, wie sein Lebensnerv getroffen war, als der Mohawk fortfuhr: »Elia, Baldur, Christus, Mohammed – alle haben ihre vierzig Tage in der Wildnis zugebracht. Wir Mohawk fasteten, um Manitu zu finden. Ihr Sioux habt einsame Fahrten unternommen und gefastet, bis ein Totemtier auftauchte.« Der Mohawk zuckte die Achseln. »Gewiß keine einmalige Erscheinung.«

Rudolf schaute sich verzweifelt im Kreis der Zuhörer um. Pamela St. Audrey regte sich.

»Übrigens«, sagte sie, »was für ein Totemtier haben Sie eigentlich?«

Einen panischen Augenblick lang gab Rudolf beinahe zu, als Christ erzogen worden zu sein. Damit kam man als Soul Brother durch, aber nicht als Indianer. Bis jetzt jedenfalls noch nicht. Was, zum Teufel, wußte er über Totemtiere?

Eine Tür ging auf, und Rudolf hielt sich für gerettet, aber es war nur Pamelas Vater. Mr. St. Audreys silberhaarige Starschauspielerfassade täuschte. Er schritt durch den Raum, mit den Gedanken immer noch irgendwo zwischen Chase und Manhattan. Hinter ihm schloß sich eine Tür, und Rudolf stand da. Pamela war näher an den Kerl von Mohawk herangetreten. Von irgendwoher kam der süße Geruch von Marihuana-Rauch.

»Rudy hat kein Totemtier!« kreischte jemand. Sogar der Mohawk schien ein wenig entsetzt über die Inbrunst zu sein, mit der sich diese liberalen Cocktailpartygäste gegen ihren Liebling wandten. Aber das hinderte ihn natürlich nicht daran, noch Öl ins Feuer zu gießen, stellte Rudolf fest.

»Eine Reise zu den Wurzeln zurück, vielleicht –« Er ließ das einen Augenblick in der Luft hängen, dann trieb er den letzten Nagel hinein. »Von Zeit zu Zeit finde ich es unumgänglich, die künstlichen Beschränkungen einer fremden Kultur abzuwerfen.«

Und bevor Rudolf noch so recht wußte, was geschah, sah er sich in ein Kanu gestopft, das mit irgendwo beschaffter Campingausrüstung und Lebensmitteln beladen war. Und das alles nur, weil er ein Buch geschrieben hatte! Während er den schlammigen Fluß hinaufpaddelte, fiel Rudolf zu spät ein Zitat aus jenem christlichen Werk ein, das zu verleugnen er sich solche Mühe gegeben hatte. Wer hatte gesagt: ›O daß mein Feind ein Buch geschrieben hätte!‹?

Rudolf hatte seit der Missionsschule im Reservat einen weiten Weg zurückgelegt, und zwar viel schneller, als erwartet. Vergangene Woche war er Ober-Totem in der liberalen Cocktailparty-Runde gewesen, mit Gastauftritten im Fernsehen und allem Drum und Dran. Jetzt stieß er in der Provinz des Bundesstaates New York rostige Bierdosen weg. War es seine Schuld, daß er nur 7/8-Indianer war? War er persönlich für den Metaphysiker des neunzehnten Jahrhunderts verantwortlich, der einen Wagenzug verlassen hatte, um mit teutonischer Gründlichkeit bei den Wilden zu hausen? Rudolf paddelte wild und ungeschickt, während er sich an einen Prärie-Indianer-Ritus erinnerte, der Unglück auf das Haupt eines Feindes herabrief. Ob er bei dem Kerl von Mohawk wirken würde?

Rudolf war schon gekentert und hatte den Großteil seiner Vorräte verloren, gar nicht zu reden davon, daß Kleidung und Schlafsack in diesem verpesteten Fluß völlig durchnäßt worden waren. Er versuchte sich zu erinnern, ob seine letzte Mahlzeit gestern oder vorgestern gewesen war. Gewiß, er hatte vorgehabt, zu fasten, aber doch nicht so früh!

»Der Teufel soll alle Kritiker holen!« murmelte er.

Irgendwo vor ihm am rechten Ufer erhob sich eine Rauchsäule. Wenn er kräftig paddelte, konnte er sie noch vor Einbruch der Dunkelheit erreichen. Noch eine Nacht allein im Wald, in feuchter, stinkender Kleidung bibbernd, bemüht, nasse Streichhölzer anzuzünden ... Ungewollt kehrten seine Gedanken zu der Kritik des Mohawk zurück: ›Leider weiß Mr. Rudolf weniger über den Irokesen-Staatenbund als der durchschnittliche Weiße. Seine übermäßig gelehrtenhafte Methode könnte durch eine Rückkehr zu seinen eigenen Wurzeln als Sioux ausgeglichen werden. Offenbar sucht der junge Rudolf noch immer nach einem Totem, das seinem eigenen Leben Sinn verleiht.‹

Rudolf glaubte an Totemtiere ein klein bißchen weniger als an den Nikolaus. Glaubten die Alten denn immer noch an den Quatsch, identifizierten sie sich mit jedem Tier, das nach dem Fasten zufällig als erstes erschien, verbrachten sie ihre Zeit in geistiger Partnerschaft? Wäre schön, wenn er einen roten Wolf finden könnte – was ›Rudolf‹ auf Englisch hieß. Gab es im ländlichen New York überhaupt noch Wölfe? Griffen sie Menschen an?

Inzwischen konnte er den schwach zuckenden Schimmer eines Lagerfeuers sehen. Er paddelte unbeholfen noch hundert Meter und lief auf Grund. Er schnitt Grimassen, als seine Schuhe durch halbfesten Schlamm wateten. Das Feuer loderte weiter landeinwärts, an einem dreißig Zentimeter breiten Rinnsal klaren Wassers. Rudolf ging mitten hindurch, um den schlimmsten Dreck von seinen Schuhen zu bekommen.

Obwohl von einer Straße nichts zu sehen war, sah er, was den Eindruck eines 48er De Soto machte, ohne Räder, auf den Kopf gestellt. Davor eine Quelle, neben der Quelle ein Lagerfeuer. Vor dem Lagerfeuer ein Mann mit mächtigem Brustkorb, in Jeans und kariertem Hemd.

»Nie arbeiten«, sagte er eben. »So geht das nicht.«

»Hallo«, sagte Rudolf.

Der Fremde drehte sich um, und Rudolf sah rötliche Bartstoppeln, eine Woche alt, rings um eine dicke Nase und zwei trübe Augen.

»Mein Gott, schon wieder einer!« sagte der Fremde.

»Was für einer?«

»Weiße Mäuse kann jeder sehen. Nur ein Flaherty ist so originell, daß er watende Ungeheuer und wilde Indianer sieht.«

»Ich bin nicht wild.«

»Das sagen sie alle.« Flaherty tauchte in einen Deckenstapel und zog eine Flasche heraus. Nach einem großen Schluck wandte er sich Rudolf vorsichtig wieder zu. »Werden Sie bei Feuerwasser wild?«

»Wild könnten mich jetzt nur ein heißes Bad und eine Mahlzeit machen.«

Flaherty hielt ihm die Flasche hin.

»Den Rest sollten Sie lieber halluzinieren.«

»Ich glaube nicht mal an Sie.« Rudolf griff nach der Flasche. Es war guter Whisky, und einen Augenblick, nachdem er in seinem leeren Magen gelandet war, fühlte er sich der Welt wieder gewachsen. »Was bringt Sie auf die Idee, daß ich nicht wirklich sein könnte?« fragte er.

»Sind Sie's?«

Rudolf überlegte.

»Nein«, gab er zu. »Ich bin unecht, wie alle anderen Leute. Nur hat man mich dabei erwischt.«

»Passiert jedem mal.« Flahertys Stimme lag in der Mitte zwischen Buffobaß und Mischkopplungston. »Was, glauben Sie, war *er*, bevor sie ihn erwischt haben?«

»Wer?«

»Der.«

Rudolf sah zu dem demolierten De Soto hinüber. Wo die Quelle tiefer gesunken war und sich zu Badewannenumfang vergrößert hatte, sah er einen Haufen feuchter Erde.

Aber irgend etwas stimmte nicht. Er blinzelte. Konnte ein Schluck Whisky sein Sehvermögen so beeinträchtigen, selbst wenn er seit zwei Tagen nichts im Magen hatte?

Da war ein schwaches Wirbeln wie erstarrte Turbulenz, so als sei in der Quelle ein Riesen-Eiweiß geronnen. Bis auf drei dreieckig angeordnete schwarze Punkte war es beinahe unsichtbar.

»Verunreinigung?« fragte er.

Die zähflüssige Masse bebte. Während Rudolf entsetzt hineinstarrte, erhoben sich die schwarzen Punkte aus dem Tümpel und reckten sich ihm wie der Hals einer geheimnisvollen Schnecke entgegen.

»Hallo«, sagten sie.

Es war ein Mund; die beiden Punkte darüber waren Augen. Rudolf schüttelte den Kopf, und die Erscheinung verschwamm.

»So etwas gibt es nicht!« entfuhr es ihm.

»So wenig, wie Sie hier sind«, sagte der Mann am Feuer. »Passiert jedes Mal, wenn ich an der Menschheit verzweifle und das Weite suche, um meine Seele zu retten.«

Ein irrer Winkel von Rudolfs Gehirn sagte immer wieder: ›Das ist dein Totemtier.‹ Er fragte sich, ob sich das auf den Iren oder das Ding in der Quelle bezog. Wie sollte er die eine oder andere Erscheinung den Stammesältesten präsentieren?

»Eigentlich ist es gar nicht da«, betonte er.

»Das sagt der andere von euch auch dauernd«, gab das Ding im

Tümpel zu. »Dabei bin ich von meiner eigenen Existenz fest überzeugt. Von eurer weniger. Wie nehmt ihr durch diese ledrige Außenhülle Sauerstoff auf?«

»Haut«, verbesserte Rudolf zerstreut. Er starrte zu den verstreuten, dunstig-verhüllten Sternen am Nachthimmel hinauf und fragte sich, wie er antworten sollte. »Wie heißt du?« fragte er.

»Tuchi.«

»Ich bin Rudolf.«

»Flaherty«, sagte der rotbärtige Mann, »und natürlich schaffe ich es – in sechs Monaten, vielleicht.«

»Ich muß früher zu Hause sein«, sagte das Ding in der Quelle.

»Für ein ungebratenes Omelett hast du erstaunlich menschliche Bedürfnisse.«

»Ich bin gravid. Ich möchte meine privateste und heiligste Handlung nicht dort vornehmen, wo weder Schwerkraft noch Strahlung dafür geeignet sind, ganz zu schweigen von dem üblen Gemisch, das ihr atmet. Kein Wunder, daß ihr ledrig seid.«

»Kann ich vielleicht noch einen haben?« fragte Rudolf.

Flaherty gab ihm die Flasche. Diesmal brannte der Whisky, und Rudolf vermutete, daß ihm endlich warm wurde.

»Was will – äh – Tuchi?« fragte er.

Flaherty sah Rudolf eulenhaft an.

»Sie sind gar nicht wirklich hier. Er auch nicht.«

»So sicher, daß ich widersprechen könnte, bin ich mir nicht. Aber wenn wir hier wären, was würde er dann wollen?«

»Sie«, sagte Tuchi mit Nachdruck. »Ich will nach Hause.«

»Keiner kann zurück«, erklärte Rudolf düster.

»Gravid!« entfuhr es Flaherty. »Heißt das wirklich, was ich glaube, daß es heißt?«

»Sie können gleich Wasser heiß machen«, sagte Rudolf.

Flaherty schauderte.

»Wieviele?«

»Zwei- bis dreitausend.«

Flaherty hob die Flasche wieder an den Mund.

»Zu Hause gäbe es eine Selektion. Nur die hundert Besten würden am Leben bleiben. Aber hier, ohne die geeigneten Einrichtungen . . .«

»Wir haben selbst ein Bevölkerungsproblem«, sagte Rudolf.

»Ich gehe ja«, meinte das Ding in der Quelle. Sekundenlang rückten die schwarzen Punkte näher zusammen, mit einem Ausdruck, über den Rudolf nur rätseln konnte. »Alles, was ich brauche, ist ein bißchen Hilfe.«

»Nämlich?«

»Sein – ihr Schiff hat keinen Treibstoff mehr«, erklärte Flaherty.

»Benzin?«

»Aluminiumpulver.«

Rudolf überlegte.

»Wie der Farbstoff, den man bei Alu-Farbe verwendet?«

»Der könnte gehen, wenn er rein genug wäre«, sagte Flaherty.

»Warum fahren wir nicht in die Stadt und kaufen ihn?«

»Ich kann nicht warten«, sagte Tuchi ungeduldig. »Ich bin gravid.«

»In sechs Monaten könnte ich das Zeug züchten«, sagte Flaherty.

Rudolf fielen plötzlich die Massachusetts-Indianer ein, die von den Pilgervätern gekauftes Schießpulver in den Boden gepflanzt hatten und enttäuscht gewesen waren, als nichts wuchs.

»Diese Halluzination gerät ganz aus der Bahn«, sagte er.

»Wer hat Sie gefragt?« knurrte Flaherty. »Und was ist komisch daran, Aluminium zu züchten?«

»Vielleicht läßt mein Humor zu wünschen übrig.«

»Schon eher Ihre genetische Struktur.«

Rudolf blickte sehnsüchtig auf die Flasche. Im Augenblick machte es ihm nichts mehr aus, daß er erschöpft, schmutzig und hungrig war.

»Ich bin ein guter, wenn ich will«, brummte Flaherty.

»Ein guter was?«

»Genetik-Techniker.«

»Und ich bin ein guter Indianer, wenn Sie's mich sein lassen.«

»Sie glauben, daß ich kein Aluminium züchten kann?« Flaherty wurde böse.

»Wie machen Sie das?«

»Ein Bakterium modifizieren, daß es Bauxit frißt. Es holt sich seine Energie von der Sonne, wie jede wachsende Pflanze, und scheidet winzige Körnchen Aluminiummetall aus.«

»Das können Sie?«

»Ich habe an einem Stamm sehr widerstandsfähiger Hefe gearbeitet«, sagte Flaherty. »Wenn das erledigt ist, fange ich mit dem anderen an, glaube ich.«

»Warum nicht gleich?«
»Weil das geronnene Omelett ihn schon hat.«
»Wen hat?«
»Einen Stamm aluminophager Bakterien.«
»Warum fliegt sie dann nicht heim?«
»Die Zeit«, sagte Tuchi aufgebracht. »Dieses rotumrandete Exemplar braucht ein halbes von euren Jahren, um zu pflanzen und zu ernten. Bist du übrigens von derselben Art? Du hast keine roten Wimpern wie Flaherty. Ah, ich weiß. Schwarze Wimpern und keine Gesichtsumrandung. Du bist weiblich!«
Rudolf beachtete das nicht. Plötzlich sah er Reichtum vor sich, Ruhm, neuen Zugang zur Cocktailparty-Runde. Die Rückkehr auf den Vordersitz von Pamela St. Audreys orientalisch-rotem Lamborghini ...
»Könntest du festes Aluminium verwenden?« fragte er.
»Ich könnte es pulverisieren. Es wäre besser als nichts.«
»Wieviel würdest du brauchen?«
»Sie haben sicher zufällig einen Barren reines Aluminium in Ihren Schlafsack gewickelt, wie?« höhnte Flaherty.
Es blieb einen Augenblick still, während Tuchi in Erd-Einheiten umrechnete.
»Vielleicht fünfzig Pfund.«
»Möchte wissen, wieviel mein Kanu wiegt«, meinte Rudolf.
»Sie können doch kein Kanu zerschneiden!« protestierte Flaherty.
»Du hast Metall?« fragte Tuchi.
»Mach mir ein Angebot.«
»Die Bakterien.«
Rudolf sah Flaherty an.
»Sie sind der Fachmann«, sagte er. »Wieviel wären sie wert?«
Flaherty blubberte einen Augenblick, bevor er die Flasche kippte.
»Millionen«, stieß er endlich hervor. »Die größte Sache seit der Atomkraft!«
»Du hast eben ein Kanu erworben«, sagte Rudolf.
»Das geht nicht!« ereiferte sich Flaherty. »Außerdem hat die Sache einen Haken. Wenn sie sich nun nicht reinrassig vermehren?«
»Tun sie das nicht?« fragte Rudolf.
»Nein.«
»Sehen Sie!« triumphierte Flaherty.

»Sie sind für einen anderen Planeten gedacht«, erläuterte Tuchi. »Andere Atmosphäre, Schwerkraft, Solarkonstante –«

»Aus dem Handel wird wohl nichts.«

»Wird auch gut sein!« empörte sich Flaherty. »Halluzinationen müssen der inneren Logik ihres Schöpfers gehorchen.«

»Wie wolltest du sie züchten?« fragte Rudolf.

Tuchi präsentierte einen kleinen schwarzen Gegenstand. Rudolf hätte ihn für ein Transistorradio gehalten.

»Inkubator«, erläuterte Flaherty. »Wir haben uns hierher zurückgezogen, um abzuernten und sie auf den Heimweg zu bringen.«

»Es ist ein Bodenproblem«, sagte Tuchi. »Die Bauxitlager auf diesem Planeten liegen in Äquatornähe. So hoch im Norden gibt es wenig Bauxit.«

»Kann mich nicht erinnern, schon welches gesehen zu haben. Was ist Bauxit?«

Flaherty sah den Indianer scharf an. Er seufzte.

»Das sind verschiedene Erze. Sie haben alle einen hohen Anteil an Tonerde gemeinsam.«

»Sie meinen Aluminium?«

»Ich meine Karborundum.«

»Was soll das nützen?«

»Vier Tonnen davon ergeben eine Tonne reines Aluminium.«

»Und wie?«

Flaherty seufzte noch einmal.

»Zuerst schürft man das Zeug in Guayana oder Liberia, dann verschifft man es dorthin, wo es billige hydroelektrische Energie gibt. Irgendwo über tausend Grad schmilzt es und löst Elektrolyse aus. An einem Pol sammelt sich das Aluminium, am anderen der Dreck. Die Verschmutzung im Fluß hier stammt wahrscheinlich zum Teil von einem Aluminiumwerk. Man versteckt sie bei den Hinterwäldlern, damit die Ökologen sie nicht sehen.«

»Und diese – äh – Tuchi hat etwas, was ohne Elektrizität auskommt?«

»Halluzination«, behauptete Flaherty.

»Na schön. Aber würde das funktionieren, wenn es wahr wäre?«

»Pflanz Bakterien, komm wieder und hol dir dein Metall.«

»Aber sie vermehren sich nicht reinrassig?«

Flaherty deutete auf das schwarze Transistorgerät.

»Sie leben acht von euren Tagen«, warf Tuchi ein. »Ein Sicherheitsfaktor von hundert Generationen, bevor die Keimfähigkeit verloren geht. Der Inkubator bewahrt den reinrassigen Stamm.«

»Versagt er nicht auch einmal?«

»Nicht für Tausende von euren Jahren, wenn du nicht versuchst, ihn zu öffnen.«

»Was verlangst du für den Inkubator?«

Geronnenes strudelte, dann tauchte Tuchis Dreipunkt-›Gesicht‹ wieder auf.

»Normalerweise würde ich nicht verkaufen. Du mußt sehr behutsam damit umgehen.«

»Gewiß.« Rudolf hatte nicht vor, für jedermann Aluminiumernten zu säen.

»Nun gut. Pulverisiere dein Boot in mikrogroße Teilchen, und du kannst den Inkubator haben.«

»Du bist übergeschnappt!« brüllte Flaherty. »Selbst wenn wir die Zeit und die Maschinen hätten, könnten wir das Metall nicht so fein zermahlen. Außerdem ist das verdammte Kanu –«

Quellwasser brodelte plötzlich und schwappte über.

»Also gut!« fauchte Tuchi. »Ich mache es selbst.«

Rudolf stapfte zum Fluß hinunter. Er tastete im Dunkeln herum und stapelte seine stinkende, durchnäßte Ausrüstung am Ufer. Er zog das Kanu das Rinnsal hinauf und bespritzte es und sich selbst unterwegs mit frischem Wasser. Ein Pseudopodium streckte sich über eine erstaunliche Entfernung und schmierte feucht über das Kanu.

»Das ist Aluminium«, sagte Tuchi. »Ich kann es riechen.«

»Das möchte ich auch können«, sagte Rudolf.

»Es wird Ihnen noch leid tun, daß Sie das Kanu verkauft haben«, warnte Flaherty.

»Dann ist die Anzahlung eben verfallen!«

Flaherty griff nach der Flasche und konnte sie nicht finden.

Wieder gab es Unruhe in der Quelle, dann floß Tuchi auf den demolierten De Soto zu. Plötzlich glitt eine Hecktür auf und zeigte ein Inneres, das keine Spur von Verwitterung erkennen ließ. Es hatte auch keinerlei Ähnlichkeit mit einem Auto. Rudolf blinzelte wegen des vielen Whiskys in seinem leeren Magen und begriff plötzlich, daß dieses Fahrzeug niemals Räder gekannt hatte.

»Dein Raumschiff?« fragte er.

»Was dachtest du denn?« erwiderte Tuchi gereizt.

Rudolf beschloß, lieber nicht zu antworten.

»Hilf mir«, fuhr Tuchi fort.

»Was?«

»Das Metall. Hilf mir, das Kanu hineinzuschaffen.«

»Es ist zu groß«, wandte Rudolf ein. »Du bringst es nicht hinein, wenn du es nicht zerteilst.«

Das Pseudopodium drehte sich, bis das Dreieck Rudolf zugewandt war. Die drei schwarzen Punkte rückten zusammen. Rudolf hätte zu gern gewußt, was diese Geste zu bedeuten hatte.

»Es gibt mehr Dinge im Universum als die Euklidsche Geometrie«, sagte Tuchi. »Gib mir einen Fühler.«

Rudolf und Flaherty stellten sich links und rechts neben das Kanu. Rudolf fragte sich, ob die letzte Bemerkung etwas mit der Art zu tun hatte, wie das Fünfeinhalbmeter-Kanu in den eineinhalb Meter breiten Wagen hineingeschoben wurde und immer weiter hineinging, hinein und – hinein! Das Kanu verschwand, und die Tür begann sich zu schließen. Flaherty wollte zum Feuer zurück und stolperte. Der winzige Kasten flog über das Lagerfeuer, und Flaherty landete mit dem Gesicht in der Quelle. Als Rudolf sich vergewissert hatte, daß dem Inkubator nichts zugestoßen war, schob er ihn in die Tasche. Dann half er Flaherty.

»Sie haben irgendwo ein Boot«, behauptete Rudolf.

Flaherty würgte, erbrach sich und tat alles, was man macht, wenn man beinahe ertrunken ist. Schließlich zeigte er mit dem Finger. Rudolf ging in die Dunkelheit hinein und stolperte über ein Sperrholz-und-Segeltuch-Kanu. Es war schwerer als das seine, besaß aber einen Außenbordmotor. Er begann es zum Fluß hinunterzuschleppen.

»Wohin denn?« protestierte Flaherty.

»Geld verdienen!«

»Ah, der Fluch! Und wozu brauchen Sie so dringend Geld, daß Sie mitten in der Nacht aufbrechen?«

»Später«, sagte Rudolf. »Gehen wir.«

»Sie gehen. Ich komme zurück, wenn ich mich der Natur anvertraut, meine Seele gereinigt, geläutert und meinen Whisky ausgetrunken habe. Bleiben Sie die Nacht nicht hier?«

»Besorgen Sie mir trockene, saubere Decken, etwas Ordentliches zu essen, und ich bleibe eine Woche.«

»Auch wahr«, gab Flaherty zu.

»Außerdem habe ich mein Totem.« Rudolf fragte sich, ob Tuchi in der Sioux-Sprache etwas bedeutete. Eines Tages würde er sie richtig lernen müssen. Sobald er wieder in die Partyrunde aufgenommen war, brauchte er nur einen gottverdammten Bleichgesicht-Anthropologen, der perfekt Sioux sprach, um ihn wieder abzuschießen. Als hätte er nicht schon genug Ärger mit Mohawks gehabt!

Die Tür ging wieder auf.

»Vorsicht mit dem Inkubator«, warnte das fremde Wesen. »Er könnte eure Ökologie zerstören.«

»Das kommt zweihundert Jahre zu spät«, sagte Rudolf.

»Bevor mein Schiff startet, solltet ihr es lieber tun.«

»Wie weit, bevor wir sicher sind?«

Tuchi zögerte.

»Mit diesen Lederhäuten seid ihr gegen Gammastrahlung vielleicht immun.«

»So dick ist meine Haut nicht!« sagte Flaherty hastig. »Fliegst du jetzt?«

»Bevor euer Primärstern wieder Licht gebracht hat.«

»Wir warten nicht auf den Sonnenaufgang«, versicherte Rudolf dem Wesen. »Vielen Dank für alles.«

»Was das auch heißen mag«, sagte das Wesen zerstreut. Die Tür schloß sich wieder mit dem glatt saugenden Geräusch eines luftdichten Schotts.

Rudolf begann Gegenstände ins Kanu zu werfen. Er stellte Flaherty auf die Beine. Endlich trieben sie den stinkenden Fluß hinunter.

»Sie hätten das Kanu nicht verkaufen sollen«, wiederholte Flaherty.

Rudolf war mit dem Außenbordmotor beschäftigt.

»Warum?«

»Das Ding, das Sie sich zum Beschwindeln ausgesucht haben, kaufte reines Aluminium.«

»Dachten Sie, mein Kanu ist aus alten Bierdosen gebaut worden?«

Flaherty seufzte und starrte durch den Smog auf trübe Sterne.

»Reines Aluminium ist weicher als Kaugummi«, sagte er. »Sie haben dem armen Ding Material von minderer Güteklasse verkauft.«

»Na und?« Rudolf hantierte im Dunkeln am Motor. Wie alles andere in der Welt der Weißen weigerte er sich, so zu funktionieren, wie er es erwartete.

»Das Aluminium war eine Legierung mit acht Prozent Magnesium und Anteilen von Chrom, Mangan und Zink.«

»Sie machen sich zuviel Sorgen.« Rudolf machte sich auch welche. Der verdammte Motor wollte nicht anspringen, sooft er sich auch die Schulter verrenkte.

»Benzinzufuhr eingeschaltet?« fragte Flaherty.

»Ja.«

»Nicht ersoffen?«

»Woher soll ich das wissen?«

»Können Sie Benzin riechen?«

»Nein.«

»Haben Sie im Tank nachgesehen?«

»Nein.«

Es war zu dunkel, um etwas zu sehen. Rudolf steckte den Finger hinein und fühlte nichts. Er biß die Zähne zusammen und begann in dem wilden Durcheinander im Boot zu kramen. Zwanzig Minuten später war er davon überzeugt, daß kein Benzin vorhanden war.

»Muß noch an Land sein«, sagte Flaherty.

Sie waren stromabwärts getrieben. Er konnte zum Lagerfeuer und zum Schiff des Wesens ohne Paddel nie zurück. Schlagartig und ohne Bezug zur Sache fiel ihm ein, wer sich gewünscht hatte, daß sein Feind ein Buch geschrieben haben möge. Hiob war auch Autor. Vielleicht hatte er den Trend eingeführt.

Rudolf seufzte und versuchte sich zu erholen. Die Strömung trug ihn langsam zur Zivilisation zurück, zum Reichtum, zum Vordersitz von Pamela St. Audreys orientalisch-rotem Lamborghini. Was konnte er tun, um es dem verflixten Mohawk zu zeigen?

2

Rudolf wurde wach, und einen verzauberten Augenblick lang schien er wieder in einem Rousseau-Thoreau-Traum davon zu sein, wie es gewesen war, bevor der Weiße kam und Land nichts mehr wert war. Der Nebel hing tief, und das Kanu trieb in einer unheimlichen Welt dahin, wo Totemtiere keine absurden Erfindungen waren. Einen Lidschlag lang verstand er, wie ein Indianer, der so lebte, instinktiv mit der Natur eins sein, wie er in der Praxis all das vollziehen konnte, was sonst nur Geschwätz über die Reinheit der Umwelt war.

Rudolf wurde hellwach, sah nun Schmutz, roch Verrottendes. Sonne und Fliegen stiegen auf. Er setzte sich auf und begann zu planen, wie er am besten zu Geld kommen konnte.

Er war Ingenieurstudent gewesen, bis ein Englischlehrer seinen geschickten Umgang mit Wörtern bemerkt und den jungen Indianer zu einer literarischen Laufbahn ermutigt hatte. Manchmal lullte Rudolf sich in den Schlaf, indem er für diesen Arglosen grausame und ungewöhnliche Martern erfand.

Flaherty regte sich und stöhnte. Er öffnete die Augen, schloß sie wieder und machte ein schmerzverzerrtes Gesicht.

»Haben Sie Geld?« fragte Rudolf.

Flaherty durchsuchte seine Taschen.

»Nicht von der Art. Viel Geld, meine ich.«

»Wo sind wir?«

»Irgendwo flußabwärts, nehme ich an.«

Flaherty öffnete die Augen und kniff sie zusammen. Der Nebel wurde weggesengt, so daß nur eine braune Smogdecke blieb.

»Was mach' ich hier?« fragte er.

»Ich verstehe nichts von Metallurgie. Ich brauche Sie.«

»Ich Sie nicht.«

»Doch.«

»Wieso?«

Rudolf zog den Inkubator heraus, den er im Austausch von dem Wesen erworben hatte.

»Was soll das? Die arme Auster hat sich schon von unserem kranken Planeten entfernt – wenn von dem Ganzen überhaupt etwas wirklich passiert ist.«

»Wollen Sie nicht reich werden?«

»Nein.«

Rudolf war so entgeistert, daß er eine Minute lang schwieg.

»Warum nicht?« fragte er schließlich.

Flaherty deutete auf den Fluß, die verdreckten Ufer, den braunen Himmel.

»Jedesmal, wenn ich Geld verdiente, hab' ich das ein bißchen verschlimmert. Ich habe die ganze Forschung zugunsten einer besonders widerstandsfähigen Hefe aufgegeben.«

Rudolf interessierte sich nicht für widerstandsfähige Hefen.

»Weißer Mann will nichts von Geld wissen? Guter Gott, da kann ich ebensogut ins Reservat zurückgehen!«

»Warum sind Sie weggegangen?«

»Mensch!« Wie erklären, was es hieß, halb als Zootier, halb als Monstrum aufzuwachsen? Betastet und studiert von Anthropologen, bewinselt von Wohlmeinenden, ermuntert, indianische Fertigkeit wiederzubeleben, aufgefordert, sich an die modernen Zeiten anzupassen, immer bemüht, herauszufinden, was für unfaßbare Anweisungen als nächstes vom Amt für Indianische Angelegenheiten ergehen würden.

»Früher haben sich die Gorillas in ganz Afrika von Baum zu Baum geschwungen«, sagte Rudolf. »Dann verschwand der Urwald. Jetzt läuft der Gorilla herum, obwohl er sich für das Schwingen entwickelt hat. Eine evolutionäre Sackgasse macht wenig Spaß.«

»Hört sich an wie bei einem, der in Irland aufgewachsen ist«, meinte Flaherty.

Sie glitten um eine Biegung und sahen einen Steg. Flaherty kniete nieder und begann mit der Hand zu paddeln.

»Auah, mein Kopf!« stöhnte er. Rudolf begann ebenfalls zu paddeln.

»Sind nicht mehr viele Camper da«, meinte der grauhaarige Einheimische. »Habt ihr gestern nacht den Blitz flußaufwärts gesehen?«

»Blitz?«

»Kann auch eine Sternschnuppe gewesen sein. Vielleicht eine von diesen Raketen.«

»Aufwärts oder abwärts?«

Der alte Mann sah Rudolf merkwürdig an. Sie bezahlten, und Flaherty brachte seinen Außenbordmotor zum Laufen. Stunden später steuerte er in eine kleine Bucht. Dann saßen sie in einem Wagen, der nur unwesentlich neuer war als das auf den Kopf gestellte Fahrzeug im Wald.

»Der Blitz war wohl unsere Freundin beim Start«, sagte Rudolf.

Flaherty warf ihm einen Blick zu.

»Wollen Sie umkehren und nachsehen, ob das arme Ding es geschafft hat?«

Peinliche Stille. Schließlich fragte Rudolf: »Was ist ein Genetik-Techniker? Wo bekommt man so ein Diplom?«

»Perkussions-Universität.«

»Nie gehört.«

»Schule der Nackenschläge. Wie Freud sein Diplom in Psychiatrie bekommen hat.«

»Wo arbeiten Sie?«

»Jedesmal, wenn ich es getan hab', kam irgendein Kerl daher, verfälschte meine Arbeit und wurde reich damit. Ich hatte es satt.«

Rudolf beklopfte den Inkubator in seiner Tasche.

»Glauben Sie, daß das die Zivilisation zerstören wird?«

»Ich wäre froh darüber. Aber ich glaube nicht einmal, daß es funktioniert.«

Rudolf geriet einen Augenblick lang in pure Panik, was für ihn stets unterschwellige Bilder von der Reservation mit sich brachte. Dann erriet er, was den Iren beschäftigte.

»Nur ruhig. Es ist wirklich passiert.«

»Da bin ich sicher. Aber von was für einem Planeten ist dieser armselige Schleimklumpen gekommen?«

»Was spielt das für eine Rolle?«

»Sagen Sie mal, wissen Sie, was Rost ist?«

»Eisenoxyd.«

Flaherty riß das Steuer herum, um einer kleinen alten Dame in einem Ferrari auszuweichen.

»Aluminium haben Sie nie rosten sehen, stimmt's?«

»Nein.«

»Falsch! Sie haben Aluminium nie gesehen. Es reagiert heftig auf Sauerstoff.«

»Warum ist die Zivilisation dann nicht explodiert?«

»Aluminiumoxyd oder Tonerde bildet eine Schutzschicht. Aber wenn Sie glauben, Aluminium sei nicht explosiv, haben Sie nie Thermit gehört.«

»Hab' ich auch nicht.«

»Sie werden«, prophezeite Flaherty. »Aber nicht jetzt.«

»Was ist dann nicht in Ordnung?«

»Wenn eine Bakterie Alumina frißt und Metall ausscheidet, wie klein wären die Körnchen?«

»Ziemlich klein, nehme ich an.«

»Allerdings«, sagte Flaherty düster. »Ein Molekül mit einer moleküldicken Schicht Oxydation. Weniger als Null.«

Rudolf sah sich wieder im Reservat.

»Sind Sie sicher?«

»Und woher nehmen wir ein Bauxitlager? Ich habe nicht mal ein eigenes.«

»Sie haben gesagt, Aluminium gäbe es überall.«

»In den Tropen gibt es mehr.«

»Wenn unser Verfahren billig ist, können wir auch minderwertiges Erz verarbeiten.

»Möglich. Aber warum?«

»Was haben Sie dagegen, Aluminium ohne Umweltverschmutzung oder Elektrizität zu läutern?«

»So habe ich mir das noch nicht vorgestellt!«

»Halten Sie es für unmoralisch, daß ein armer Indianer reich wird, während er der Menschheit damit Gutes tut?«

»Warum sollte ich meine Forschungen unterbrechen?«

»Für die Hälfte?«

»Da müssen Sie schon einen besseren Grund nennen.«

»Was wollen Sie?«

Flaherty seufzte.

»Ich will Frieden. Ich will auf meine eigene stille Weise zur Hölle fahren.«

»Verstecken Sie sich vor jemandem?«

»Sozusagen.«

»Wollen Sie einen ruhigen Ort zum Arbeiten und einen, der als Schnapsholer zu gebrauchen ist?«

Sie besichtigten Häuser von New Rochelle bis Rockaway. Schließlich suchten Sie sich eines aus.

»Feucht«, warnte der Makler. »Keller ohne Estrich.«

Flaherty tröpfelte Säuren über Bodenproben aus dem Keller.

»Ideal für Pilze«, sagte er. Sie mieteten das Haus. Rudolf begoß den Kellerboden mit Wasser und quetschte den Inkubator zusammen.

»Können Sie Bohnen kochen?« fragte Flaherty.

»Im Reservat lernt man's.«

Rudolfs Fernsehapparat hatte Gelächter hervorgerufen, als er seine ganze Habe verpfänden gegangen war, um Geld für Miete und Essen zu beschaffen. Er schaltete ihn ein. Gelangweilt verfolgte er irgendeine geschwätzige Talkshow. Schließlich kamen die Nachrichten. Sie starrten auf Unruhen, Flugzeugentführungen und Bombenexplosionen. Plötzlich beugte Flaherty sich vor.

». . . zweite Explosion der Woche im ländlichen New York. Beobachter haben Spuren von Radioaktivität gefunden, aber keine Überreste ... Heute nachmittag bestritt Botschafter Fjodorenko jede feindliche Absicht von Seiten der in der Sowjetunion neuentwickelten ...«

»Glauben Sie, das arme Ding hat Schwierigkeiten, wegzukommen?« meinte Flaherty versonnen.

Rudolf wurde ein wenig unruhig. Er ging in den Keller. Der Schlamm hatte ein paar schwache silbrige Streifen, als sei Farbe verschüttet worden.

»Da ist es«, sagte Flaherty. »Wie sammeln wir das Zeug jetzt ein und verkaufen es?«

»Waschrinne?« Rudolf erinnerte sich undeutlich an die Goldwäscher.

»Aluminium ist nicht schwer genug.« Flaherty nahm mit Daumen und Zeigefinger silbrigen Schlamm auf und runzelte die Stirn.

»Schwimmaufbereitung?« Rudolf hatte nicht die geringste Ahung, wie das funktionierte, aber es hatte etwas mit Kupferbergwerken zu tun.

Flaherty sah ihn seltsam an. Er fand ein leeres Erdnußbutterglas, schaufelte Schlamm hinein, gab Wasser und einen Tropfen Spülmittel dazu und schüttelte das Ganze. Sie warteten.

Flahertys Unterkiefer klappte herunter.

»Mich – laust der Affe, wenn ich nicht das Öl vergessen habe!«

Am Boden war Schlamm. Die Mitte war voll rasch sich klärendem Wasser. Ganz oben schwamm eine Haut aus Metall. Flaherty öffnete das Glas und steckte den Finger hinein.

»Schmierig!«

»Was bedeutet das?«

»Was man nicht verstehen kann, bringt Ärger. Wieviel Geld haben wir?«

»Zweiundachtzig Dollar.«

Flaherty schnalzte mit der Zunge.

»Mikroskop und Reagenzien«, sagte er. »Brauche alles wieder.«

Rudolf seufzte und zog seine sauberen Sachen an. Zwei Stunden später kam er mit Flahertys esoterischem Gerät aus der Pfandleihe zurück. Aus Töpfen auf dem Herd stank es nach heißem Öl.

Rudolf hatte angenommen, Genetiker verwendeten Elektronenmikroskope, die ein halbes Haus ausfüllten. Die Zeit der Entdekkungen durch weißbekittelte Männer, die in Reagenzgläser starrten, war doch wohl seit Pasteur oder den Werbespots im Fernsehen vorbei? Flaherty besaß ein einfaches optisches Mikroskop aus seinen ersten Biologiesemestern. Seine fröhlichen Blasphemien überzeugten Rudolf jedoch davon, daß sich etwas tat.

»Sind wir im Geschäft?« fragte er.

»Kaufen Sie eine Waschmaschine.«

»Eine was?«

»Eine Waschmaschine. Mir egal, ob sie vollautomatisch ist.«

»Ich habe fünfzig Dollar und zwölf Cent, die für unser ganzes Leben reichen müssen«, sagte Rudolf.

»Sie haben auch die Neigung, sich Sorgen zu machen. Verpfänden Sie das Mikroskop wieder.«

»Brauchen Sie es denn nicht?«

»Ich weiß jetzt, was sich abspielt. Erinnern Sie sich, daß ich gesagt habe, die Oberflächenoxydation würde das ganze Körnchen auffressen?«

»Ja.«

»Unsere schleimige Freundin hat das bedacht. Jedes Körnchen hat eine Art Wachsüberzug. Als ich es kochte, ging der Wachsüberzug ab.«

»Und dann?«

»Oxydierte es.«

»Und wie kommen wir zu Metall?«

»Sie sind wirklich ein Grübler.«

»Jedesmal, wenn ich meine letzten fünfzig Dollar ausgebe.«

Als Rudolf erfuhr, wieviel es zusätzlich kostete, die ehrwürdige Waschmaschine anzuliefern, war er plötzlich sehr dankbar dafür, daß sie für Flahertys Auto keinen Käufer gefunden hatten. Ächzend und schwitzend, wie seit den Tagen im Reservat nicht mehr, hatte Rudolf die Maschine endlich auf dem Wagen festgeschnürt.

»Was machen wir da eigentlich?« fragte er, als sie im Keller rasselte.

Flaherty grinste.

»Die Unreinheiten werden naß und gehen unter. Das schmierige Metall schwimmt, und wir schöpfen es oben ab.«

»Wie bekommen wir die Schmiere weg, ohne das Metall oxydieren zu lassen?«

»Als erstes beschaffen wir uns soviel Konzentrat, daß wir experimentieren können.«

Was wieder zwei Tage dauerte und den Keller in klebrigen, treibsandartigen Schlick verwandelte. Überall in der Küche standen Eimer mit den metallischen Körnchen. Flaherty hatte unten Löcher hineingebohrt und sie mit Seihtüchern ausgekleidet. Darin verwandelte sich der dünne Brei in wächsernen Matsch. Rudolf hingen die Bohnen zum Hals heraus. Flaherty bekam Durst.

Rudolf hatte mit zunehmender Verzweiflung die Post durchgesehen, gegen alle Vernunft auf einen Tantiemenscheck hoffend. Verflixt, wenigstens zehn Dollar für die schwedischen Rechte ... Er hörte das Knattern eines Postboten-Motorrollers und bekam die Post zu fassen, als sie durch das Loch in der Tür fiel. Ein Umschlag sah bedeutsam aus.

»Schö – – ön!« Er warf den Brief auf den schlammdurchtränkten Teppich, trat darauf herum und sang halbvergessene Bruchstücke eines Sioux-Bannfluchs.

»So lebendig sind Sie seit Tagen nicht gewesen«, sagte Flaherty. Er griff nach dem Brief. »Was ist der Unterstützungsfonds der Six Nations?«

»Gottverdammter Mohawk!« knurrte Rudolf.

»Was ist dagegen einzuwenden, daß Indianer einander helfen?« wunderte sich Flaherty.

Flaherty erfuhr von Rudolfs Verbannung aus der Cocktailparty-Runde – von seiner plötzlichen Verstoßung aus Pamela St. Audreys orientalisch-rotem Lamborghini.

»Aber Sie werden diese Leute doch wohl nicht ernstnehmen?« fragte er.

»Diese Leute formen die öffentliche Meinung. Sie könnten mir helfen – jedem Indianer helfen, wenn es mir nur gelänge, ihre Aufmerksamkeit auf einen bestimmten Punkt zu konzentrieren.«

Flaherty lachte.

»Das dürfte Ihnen schwerfallen. Was treiben diese Leute?«

»Na ja, alles Mögliche. Die Künste, Lehrberufe, na ja –«

»Was macht Ihre Pamela?«

»Na ja, sie ist in ein paar wichtigen Ausschüssen. Sie betätigt sich in der Wohlfahrt –«

»Ich will es anders ausdrücken. Was macht ihr Vater?«

»Mr. St. Audrey? Ich habe ihn nur einmal getroffen. Ich glaube, er – Ja! Er errichtet dieses neue Gebäude. Sie wissen schon, das Architekturwunder, das alles umwälzen wird.«

»Na, das ist mal ein Mann, der die Welt verändert. Und ich bezweifle, ob er Zeit für Cocktails hat.«

»Aber die Sache der Liberalen interessiert ihn nicht.«

»Natürlich nicht. Also, wenn wir das Aluminium verkaufen wollen –«

Rudolf hörte zu und verstand nur halb, als Flaherty Ideen brachte und seine eigenen Vorschläge abschoß.

»Wenn wir tausend Tonnen hätten, wäre es einfach. Schrotthändler bezahlen nur die Hälfte des Werts, aber sie sind die einzigen, die kleine Mengen nehmen.«

Als Rudolf aber das Auto belud und zu einem öldurchtränkten Platz fuhr, wo Lastwagen vor einer Waage standen, sagte der zigarrenkauende Waagemeister: »Nee. Tun Sie das Fett raus, und ich zahle neunundzwanzig Cent fürs Pfund.«

Als sie heimkamen, hatte der Postbote Rudolf eine Werbebroschüre für ein Mittel hinterlassen, das seine abnehmende Männlichkeit zu erneuern versprach, und einen mehrfach weitergeleiteten Umschlag für Flaherty. Der Ire warf ihn ungeöffnet auf den Müll.

»Bohnen?« sagte er.

»Keinen Hunger.«

»Na, so schlimm ist es auch wieder nicht«, sagte Flaherty vom sicheren Port des Mittelalters aus. »Ich habe gewußt, daß wir nicht verkaufen können.«

»Warum haben wir dann den ganzen Vormittag vergeudet?«

»Hätten Sie mir geglaubt?«

»Nein«, gab Rudolf zu. »Was machen wir jetzt?«

»Wir könnten es einschmelzen. Wenn wir einen Reduktionsofen hätten.«

»Ich habe noch zwei Dollar und einundsiebzig Cent.«

»Reicht kaum für einen größeren Schluck selbstgebrannten Whisky.« Flaherty schaltete den Fernsehapparat ein und beachtete ihn nicht mehr. Er murmelte etwas von Molekularketten und fing an, mit einem Rechenschieber zu hantieren.

Rudolf saß da und dachte schwarze Gedanken über das Reservat; er wünschte sich, daß er den gitarrenzupfenden Halbstarken ignorieren könnte, der im Fernsehen diese abscheulichen Geräusche erzeugte.

»Ob hier in der Gegend eine Bowlinghalle einen Kegelbuben brauchen könnte?« fragte Flaherty.

»Bestimmt nicht mehr, seitdem es Maschinen dafür gibt«, meinte Rudolf säuerlich.

Wieder langes Schweigen. Dann setzte sich Flaherty einen Hut auf den kahl werdenden Schädel.

»Schön aufpassen hier«, sagte er.

Rudolf besichtigte den Keller. Die Bakterien bedurften der Nachsaat. Der Fernsehapparat plärrte noch immer, als er wieder hinaufkam. Rudolf erkannte den Moderator einer Talkshow, in der er einmal aufgetreten war, damals vor seiner Vertreibung aus der liberalen Cocktailparty-Runde. Der Mann, der jetzt befragt wurde, hatte graue Haare und einen straffen, specklosen Körper. Er kam Rudolf bekannt vor. Einen Augenblick später merkte er, daß es Pamelas Vater war.

»Mr. St. Audrey«, sagte der Moderator eben, »worin wird sich Ihr neues Gebäude von anderen Wolkenkratzern unterscheiden?«

St. Audrey lächelte.

»Wir hören von der Eisenzeit. Tatsächlich leben wir in der Eisenbeton-Zeit. Alles – Staudämme, Gebäude, Straßen, Rollbahnen, Raketensilos – wird aus Stahl und Beton hergestellt.«

»Sie meinen, der Stahl hält alles zusammen, bis der Beton hart wird?«

»Umgekehrt. Der Beton füllt die Lücken aus und stützt das Ganze. Für einen modernen Wolkenkratzer war nichts so stabil wie Stahl – bis jetzt. Wir werden Beton über ein Aluminiumskelett gießen.«

»In welcher Weise unterscheidet sich Ihr Gebäude dann von den anderen?«

»Wir könnten die Wände nur halb so dick machen oder doppelt so hoch bauen.«

»Und wofür haben Sie sich entschieden?«

St. Audrey lächelte wieder.

»Unser Haus ist ein Kompromiß. Es wird hundertfünfzig Stockwerke hoch sein, die Sendeantennen und Hubschrauberlandeplätze nicht mitgerechnet.«

»Noch mehr Verstopfung für Manhattan! Wie können diese Leute nur alle zur Arbeit gelangen?«

»Viele Angestellte werden im Haus selbst arbeiten.«

Im Hintergrund schwoll Musik an, und der Moderator gab zu erkennen, daß ein neuer Werbespot bevorstehe.

Aluminium! Wenn Rudolf nur durchzuhalten vermochte, würde er ganz oben sein, bei den Großen. Er fragte sich, was Flaherty trieb.

3

Erst vier Stunden später erfuhr er, was Flaherty trieb. Es war fast Mitternacht, als laut an die Tür geklopft wurde. Rudolf erinnerte sich aus der Reservatszeit an diese Art Klopfen. Es war das Klopfen einer Faust an einem Arm in einem Uniformärmel: Ein Klopfen in der festen Überzeugung, daß der Klopfende auf der Seite des Guten steht, das Verbrechen zertritt, Korruption unterbindet und dafür sorgt, daß kein Indianer je etwas abbekommt. Rudolf seufzte, setzte seine unergründliche Miene auf und öffnete die Tür.

»Kennen Sie einen Francis X. Flaherty?« fragte der Polizist.

»Ja.«

»Er ist krank. Kümmern Sie sich um ihn?«

Rudolfs Panik trat so plötzlich auf, daß er keine Zeit hatte, sich zu überlegen, ob er sich Sorgen um Flaherty machte oder nur den Ruin fürchtete, der ihm ohne Flahertys Kenntnisse bevorstand.

»Was ist denn los?« fragte er.

»Betrunken«, sagte der Polizist und schob Francis Xavier Flaherty durch die Haustür.

Rudolf nahm den stämmigen Iren Huckepack und schaffte ihn mühsam auf sein Feldbett. Flaherty murmelte Unverständliches.

»Woher hatten Sie das Geld?« fragte Rudolf.

Flaherty gab ein Todesröcheln von sich, das Rudolf einige Tage später bei nüchterner Betrachtung als schlichtes Schnarchen einstufte. Er fühlte Flahertys Puls. Der Ire atmete noch, aber sein schwacher Puls deutete an, daß es dabei nicht bleiben mochte. Rudolf hastete herum und kochte Kaffee. Schließlich stemmte er Flaherty in Sitzhaltung hoch und zwang ihn zum Trinken.

»Sie bringen sich um«, warnte Rudolf. »Wieviel haben Sie getrunken?«

»Einen Doppelten«, sagte Flaherty schwach.

»Einen was?« Dann erinnerte sich Rudolf daran, wie manche Leber nach jahrelangem Trinken versagt, bis ein alter Säufer mit jedem Mal weniger vertragen kann. Er fragte sich, ob Flaherty noch so lange am Leben bleiben würde, daß das Aluminium-Unternehmen Gewinn abwarf. Er nahm sich fest vor, so schnell wie möglich einen begabten jungen Genetiker zu engagieren, der Ersatzmann für den Iren sein konnte.

»Ich habe einen Doppelten getrunken«, wiederholte Flaherty.

»Mir war komisch, nachdem ich das ganze Zeug geschleppt hatte. Hätte wohl nicht das zweitemal hingehen sollen.«

»Was für Zeug?«

»Im Wagen. Holen Sie ihn lieber.« Nach einigen erfolglosen Tastversuchen an seiner Brusttasche gab Flaherty auf. Rudolf zog einen Zettel heraus. Es war eine Quittung über neunzehn Dollar von der Firma ›Ace Schweiß- und Gerätetechnik‹.

»Was haben Sie getrieben?« fragte Rudolf.

»Blut gespendet. Das Geld reichte nicht, da bin ich ein paar Häuser weiter gegangen und habe nochmal gespendet.«

Rudolfs Einstellung veränderte sich plötzlich.

»Ganz ruhig liegenbleiben«, sagte er. Er kramte in der Küche und fand Brühwürfel. Er zerdrückte eine Handvoll gekochter Bohnen und löffelte Flaherty das verdickte Gemisch in den Mund. Nach kurzer Zeit erholte sich der Ire.

»Geht schon wieder«, sagte er. »Die Schlüssel sind irgendwo in meiner Tasche. Holen Sie lieber den Wagen.«

»Wo?«

»Vor dem Laden auf der Quittung. Mir wurde so schwindlig, daß ich nebenan einen Schluck getrunken hab'.«

»Sie können von Glück sagen, daß Sie nicht in der Ausnüchterungszelle gestorben sind.«

»Richtig«, sagte Flaherty. »Aber es hilft, wenn man Ire ist.«

Rudolf gab ihm den Rest der Suppe und machte es sich bequem. Dann sperrte er das Haus ab und machte sich zu Fuß auf den Weg. Er brauchte eine Stunde, um den Wagen zu finden, und fünf Minuten für die Heimfahrt. Flaherty schnarchte noch immer in der alten Lage. Sein Puls war kräftiger. Rudolf deckte ihn zu und ging hinaus, um abzuladen.

Ein Stück dickwandiges Rohr, Durchmesser fünf Zentimeter, Länge ein Meter. Mehrere kürzere Rohrstücke, so dünn, daß man sie in das erste hineinschieben konnte. Ein großer Lastwagenheber und mehrere scherenartig zusammengeschweißte Doppel-T-Eisen. Rudolf schleppte die Sachen ins Haus, sah noch einmal nach Flaherty und legte sich auf sein eigenes Feldbett, wobei er sich fragte, wofür das ganze Zeug gedacht war.

Als er aufwachte, hämmerte Flaherty schon herum und baute auf, was er mit seinem Blut erkauft hatte. Dabei plärrte er seine gewohnten fröhlichen Blasphemien. Er war noch ein wenig zittrig auf den Beinen, aber Rudolf schätzte, daß er sich voll erholen würde. Er versuchte sich auf die Apparatur zu konzentrieren, die er Flaherty aufbauen half. Schließlich dämmerte ihm, daß es im Grunde keinen Unterschied zwischen diesem Gewirr verschweißter Doppel-T-Eisen und der Käsepresse gab, die in einer Ecke der Reservatsschule verstaubte, seitdem jemand dahintergekommen war, daß Schlachtvieh nicht gerne Milch gibt.

Sie stopften das dickwandige Rohr mit dem wächsernen Matsch voll. Flaherty schob den hydraulischen Heber an seine Stelle. Rudolf begann zu pumpen. Sie mußten den Stopfbüchsdeckel ein paarmal abnehmen, um mehr Matsch einzufüllen. Schließlich ließ sich die wächserne Masse nicht weiter zusammenpressen.

»Sind wir fertig?« fragte Rudolf.

Flaherty schüttelte den Kopf. Er begann die Scheren auseinanderzuschrauben und anders zusammenzusetzen. Der Heber hatte nun einen kürzeren Weg und konnte mehr Druck ausüben. Rudolf fragte sich, ob zuerst die Eisenträger sich verbiegen oder das Rohr platzen würde.

Was kam, war Wachs. Heiß und rauchend quoll es aus dem Rohr. Während Rudolf weiterpumpte, versuchte Flaherty das herabtropfende Zeug mit einer Spülschüssel aufzufangen. Das meiste landete am Boden. Es gab einen leichten Knall, und die Presse war in ölige Flammen eingehüllt.

»Nicht aufhören!« schrie Flaherty. Er verspritzte Wasser und durchnäßte den schon feuchten Teppich, um zu verhindern, daß sich das Feuer ausbreitete. Schließlich konnte Rudolf nicht mehr pumpen.

Als die letzte Flamme erlosch, schüttete Flaherty Wasser auf die Presse. Vorsichtig demontierten sie das dampfende Gerät.

Rudolf hatte angenommen, der zusammengepreßte Metallpfropfen würde fester stecken als ein Unterhaltsscheck im AIA. Zu seiner Überraschung fiel er aus dem Rohr.

»Schrumpft schneller als Stahl, wenn es kalt wird«, erklärte Flaherty. Die Probe war massiv und glänzte. »Der Druck stellt im Kaltschweißverfahren eine Art Molekularverbindung zwischen den Körnchen her, solange Wachs da ist, das den Sauerstoff fernhält.«

»Schade, daß wir das Wachs nicht auch verkaufen können.«

»Warten Sie nur, bis wir uns bessere Geräte leisten können.«

Der Schrotthändler sah Rudolf merkwürdig an, kaufte ihnen aber das Metall ab.

»Wo haben Sie den Schrott her?« fragte er.

»Geheimes Verfahren.« Rudolf füllte einen langen Fragebogen aus. »Warum so viele Fragen?«

»Die Polizei sitzt uns dauernd im Genick.«

»Wieso?«

»Jeder, der in einer Maschinenwerkstatt arbeitet, findet einen Weg zum Stehlen. So kann die Polizei nachforschen, wenn jemand sich Gedanken darüber macht, warum er doppelt so viele Aufträge hat und nur halb soviel Schrott verkauft.«

Rudolf beantwortete die letzten Fragen des Formulars und ließ sich seine neunundachtzig Dollar geben. Er eilte zu ›Ace Schweiß- und Gerätetechnik‹, wo Flaherty den Bau einer größeren und leistungsstärkeren Presse überwachte.

Am Abend, bei Steaks, malte Flaherty leuchtende Bilder ihrer Zukunft.

»Müssen hier raus«, sagte er. »Wenn wir noch weiter graben, stürzt das ganze Haus ein. Aber bitte, mein Lieber, wenn Sie wieder in den Laden kommen, verlangen Sie bei dem Wucherer eine Flasche Tullamore Dew.«

»Ziehen wir in die Tropen?« fragte Rudolf.

»Jetzt noch nicht. Wir suchen uns ein anderes Haus oder eine Farm. Wir brauchen sehr viel mehr Geld, bevor wir uns an die Großen heranwagen können.«

Mit der verbesserten Presse ging es besser. Der Hinterhof verwandelte sich in eine immer tiefere und schlammigere Grube. Wachsblöcke stapelten sich. Flahertys altehrwürdiges Fahrzeug gab den Geist und sämtliche Stoßdämpfer auf. Sie erwarben einen neuen Kombi-Lieferwagen.

»Wenn wir umziehen, brauchen wir ihn ohnehin«, meinte Flaherty.

Rudolf hätte am liebsten Pamela St. Audrey angerufen, aber traurig erkannte er, daß seine neue Wohlhabenheit ihn nicht einmal in die Nähe ihres Niveaus brachte. Irgendwann würde er eine ganz große Party geben, all das schäbige Volk von der liberalen Cocktailparty-Runde einladen und es ihm unter die Nase reiben. Vielleicht lud er sogar den Mohawk ein. Er fragte sich, was der Kerl jetzt wohl machte. Lebte sicher noch von der Wohlfahrt.

Er hörte das Knattern des Motorrollers seines Postboten. Rudolf rechnete mit nichts mehr, aber den Autorenreflex konnte er nicht unterdrücken. Er fing das Zeug auf, als es durch den Schlitz fiel.

Wieder ein immer wieder nachgesandter Umschlag für Flaherty. Der Ire warf ihn kommentarlos auf den Abfall. Ein Brief war für Rudolf, von der Reservats-Schule, wo er aufgewachsen war.

Es war ein Bettelbrief. Rudolf warf ihn zu Flahertys Umschlag auf den Müll. Der nächste Brief war kurz und sachlich.

»Haben Sie die Miete nicht bezahlt?« fragte er Flaherty.

Flahertys Unterkiefer klappte herunter.

»Begorra!« sagte er in seinem irischen Dialekt, den er ein- und abschalten konnte. »Das war an dem Tag, als ich soviel Zeug für die neue Presse brauchte.«

Rudolf seufzte.

»Ich erledige das morgen«, sagte er. »Sobald wir wieder etwas verkaufen. Der verdammte Lieferwagen hat uns blank gemacht.«

»Ja«, sagte Flaherty. »Machen wir lieber weiter.«

Sie stapelten Geschirr im Spülbecken, als geklopft wurde. Rudolf sah Flaherty an und wußte, daß der Ire diese Art Klopfen auch erkannte.

»Haben Sie etwas Unerlaubtes getan?« fragte er.

Flaherty schüttelte den Kopf.

»Sie?«

Rudolf öffnete die Tür.

»Mr. Rudolf Redwolf?« Der Polizist war jung und hatte noch den eisig korrekten Polizeischulausdruck, der erst nach dem Abtragen einiger Uniformen verschwindet.

»Ich heiße Rudolf.«

»Ist Ihr Nachnahme Redwolf?«

»Nachnamen sind eine Erfindung der Weißen.«

»Es hat Beschwerden gegeben«, sagte der junge Polizist.

»Worüber?«

»Sie haben große Mengen Schrottmetall verkauft.«

»Ist das verboten?«

»Das kommt darauf an, woher Sie es haben.«

»Vermißt jemand etwas?«

»Die Fragen stelle ich«, sagte der Jungpolizist, nicht ganz so gebieterisch, wie er es gerne gehabt hätte.

Rudolf dachte kurz über den moralischen Vorteil nach, der dem Besitz eines neuen Kleinlastwagens entspringt, einschließlich der Erkenntnis, daß, wo das herkam, noch mehr ist.

»Bin ich festgenommen?« fragte er.

»Hm, äh, nein. Noch nicht.«

»Dann zieh ab.« Rudolf machte dem Polizisten die Tür vor der Nase zu.

»Das war nicht gerade freundlich«, meinte Flaherty. »Möchte wissen, wer ihn hergeschickt hat.«

»Einmal dürfen Sie raten.«

»Kann sein«, sagte Flaherty, der an den Schrotthändler dachte. »Aber für mich ist das erst der Anfang.«

Am nächsten Morgen waren sie beide hinter dem Haus, als Rudolf den überlauten Gong hörte, den er angeschlossen hatte, um den Lärm der Maschinen zu übertönen. Flaherty sah ihn an. Sie schalteten die Waschmaschinen ab und gingen zur Tür, um aufzumachen.

Der Fremde war allein. Er war ungefähr in Flahertys Alter und sah genauso verlebt aus. Rudolf fragte sich, ob er vielleicht zur IRA gehörte.

»Ich suche einen Mr. Francis Xavier Flaherty, einen ziemlich bekannten Genetiker«, sagte er. Bevor Rudolf ihn aufhalten konnte, hatte der Fremde sich schon an ihm vorbei ins Haus geschoben. »Ah, da sind Sie ja«, sagte er.

»Hat ja lange genug gedauert«, meinte Flaherty niedergeschlagen.

»Wer ist das?« fragte Rudolf.

»Er heißt Riordan«, sagte Flaherty. »Will mich ins Bordell zurückholen.«

»Tja, nun«, sagte Riordan beschwichtigend, »Sie können nicht behaupten, daß man nicht großzügig gewesen wäre.«

»Kann ich nicht«, sagte Flaherty. »Und wenn es in der Hölle eine kühle Ecke gibt, hoffe ich, daß Sie sie kriegen.«

»Geht es gut?« fragte Riordan.

»Wir haben zu essen.«

»Wann kommen Sie zurück?«

»Gar nicht.«

»Sie haben einen Vertrag unterschrieben.«

»Den *ihr* gebrochen habt.«

»Wenn es ums Geld geht, bin ich sicher, daß man sich zugänglich –«

»Ihre Auftraggeber wären nicht nur nicht zugänglich«, sagte Flaherty seufzend, »sie besitzen weder die geistige noch die moralische Kraft, um zu begreifen, womit ich zu kaufen wäre. Machen Sie Schluß mit Ihrer Spioniererei und verschwinden Sie.«

Riordan scharrte auf dem schlammgetränkten Teppich verlegen mit den Füßen.

»Zu sagen gibt es wohl nichts mehr«, meinte er.

»Wir verstehen uns genau.« Flaherty schloß die Tür und sperrte sie ab.

Rudolf sah ihn an.

»Ich mische mich nicht gern ein«, sagte er schließlich, »aber ist in Ihrer Vergangenheit etwas, das uns einen Knüppel zwischen die Beine werfen könnte?«

Flaherty goß sich Kaffee ein und setzte sich.

»Ich bin Genetiker«, sagte er. »Das ist nicht gerade das weiteste Feld auf der Welt.«

»Wer ist dieser Riordan?«

»Früher war er Polizeibeamter in New York. Jetzt ist er Privatdetektiv.«

»Bei wem stehen Sie unter Vertrag?«

»Beim Staat.«

Rudolf erbleichte. Jeder Indianer kennt die Katastrophen, die daraus entstehen, daß man auf das Papier des Weißen Vaters drei Kreuze malt. Zuerst würde wohl eine Art Einstweiliger Verfügung eintreffen, vermutete er, gefolgt von einem guten Dutzend richterlicher Verbote. Irgend jemand würde ihre Bankkonten einfrieren. Irgend jemand würde ihn ins Reservat zurückverfrachten.

Dann grinste Rudolf. Der Schrotthandel war auf Säufer eingerichtet, die ein paar Groschen für die nächste Flasche brauchten. Schrotthändler bezahlten bar. Rudolf fiel plötzlich ein, daß sie Kopien an das Finanzamt weiterreichen würden. Er mußte einen Steuerberater finden und vierteljährliche Schätzungen durchführen. Aber das hatte noch eine oder zwei Wochen Zeit. Zuerst mußten sie die Miete bezahlen. Er sah Flaherty an. Sie gingen in den Hinterhof und begannen Schlick in die Reihe der Waschmaschinen zu schaufeln.

»Nicht direkt«, sagte Flaherty über dem Surren der Maschinen.

»Was?«

»Der Staat hatte mich nicht direkt unter Vertrag. Das wird über eine der Fassadenfirmen abgewickelt, gegen die viele Studenten heutzutage demonstrieren.«

Plötzlich erriet Rudolf, worum es ging. Kein Wunder, daß Flaherty ein verbitterter Trinker war.

»Sie haben für die biologische Kriegsführung arbeiten müssen?«

»So ungefähr. Sobald wir Geld machen, will ich wieder mit meinen eigenen Forschungen anfangen. Die Menschheit *braucht* eine hoch widerstandsfähige Hefe.,«

»Sie sind aus Irland«, sagte Rudolf.

»Toll, daß Ihnen das aufgefallen ist.«

»Ich meinte – äh, na ja ...«

»Ich weiß schon. Das ist auch ein Reservat.«

»Wie kommen Sie darauf?«

»Wo sonst könnte ein Erwachsener zweitausend Stunden seines Lebens mit dem Studium von Religion vergeuden, wenn er statt dessen etwas Nützliches lernen könnte?«

»Ich kann Ihnen im Umkreis von zehn Meilen zwei Stellen sagen.«

»Auch wahr.« Flaherty spuckte in die Hände und schaufelte schneller. »Eigentlich sollte ich ja dankbar sein. Zum Nachdenken bin ich gekommen, als ich mich mit der Unbefleckten Empfängnis beschäftigte. Das war ja wohl genetisch ein großer Eingriff. Der Arme hatte nur die Hälfte Chromosomen. Kein Wunder, daß er dran war.«

An diesem Abend hatten sie wieder eine Lieferung Metall fertig, beschlossen aber, bis zum Morgen zu warten. Rudolf und Flaherty waren sich einig, daß sie etwas zum Anziehen kaufen, sich waschen und einen Abend ausgehen sollten. Dann begnügten sie sich jedoch wieder mit dem, was der Kühlschrank bot. Sie waren müde. Außerdem wurden beide das Gefühl nicht los, daß bald etwas passieren würde. Und je mehr Geld sie hatten, desto besser waren sie vorbereitet.

»Der Vertrag, übrigens«, sagte Rudolf. »Kennen Sie einen guten Rechtsanwalt?«

»Ich kenne viele schlechte.«

Rudolf seufzte und schaltete die Nachrichten ein.

»... zunehmende Besorgnis angesichts von Tausenden sterbender Fische im oberen Hudson. Die Verschmutzungsquelle zieht langsam flußabwärts. Trotz verstärkter Bemühungen von eigens zusammengestellten Ökologen-Teams konnte kein Gift festgestellt werden. Ein Sprecher von Naders Bürgerinitiative sagte ...«

Rudolf schaltete um. Überall Nachrichten. Diesmal zeigte der Sprecher sein ein wenig spöttisches Fliegende-Untertassen-Lächeln, als er sagte: »... noch mehr Blitze, geheimnisvolle Detonationen und ein ganz geringes Ansteigen der Gesamt-Radioaktivität. Trotz der unsinnigen Behauptungen glauben nur wenige Menschen daran, daß im Hudson russische U-Boote operieren. Auf die Frage, ob die USA Experimente mit etwas anstellten, das blitzt, laute Geräusche erzeugt und wahrscheinlich Fische tötet, sagte ein Sprecher der Marine: ›Kein Kommentar‹ . . .«

»Genau das, was wir brauchen«, knurrte Rudolf. »Noch einen Krieg und jemanden, der uns im Namen des Patriotismus unser Verfahren klaut.«

Es klopfte. Rudolf sah Flaherty an. Diesmal wußten beide, daß es kein Polizist war. Als Rudolf die Tür öffnete, stand der Makler vor ihm, der ihnen das Haus vermietet hatte, ein kleiner Mann mit einer fast weibischen Aufmerksamkeit für seine Garderobe. Er warf einen einzigen Blick auf den schlammverkrusteten Teppich und rollte die Augen gen Himmel.

»Entschuldigen Sie die Verspätung mit der Miete«, sagte Rudolf. Er kramte in den Taschen, dann sah er Flaherty hoffnungslos an. Sie hatten beide das Geld nicht. Allmächtiger! dachte Rudolf. Morgen früh kann ich für das Metall zweitausend Dollar bekommen, und heute abend bringe ich keine zweihundertfünfzig zusammen. »Das mit dem Teppich tut mir auch leid. Wir bezahlen alle Schäden.«

»Das wird nicht nötig sein«, sagte der Makler.

»So?«

»Ich bin nicht wegen der Miete hier. Ich habe die unangenehme Pflicht, Ihnen mitzuteilen, daß das Haus verkauft ist. Die neuen Mieter wollen sofort einziehen. Wenn Sie bis morgen weg sind, wird auf Anzeige verzichtet.«

»Anzeige! Was für Anzeige?«

Der kleine Mann spitzte die Lippen.

»Böswillige und bewußte Sachbeschädigung.«

»Ich habe gesagt, daß wir den Teppich bezahlen.«

»Betreiben einer Fabrik in einem Wohngebiet ohne behördliche Erlaubnis«, fuhr der Makler fort.

»Sie haben gewußt, daß wir das Haus gemietet haben, um Pilze zu züchten«, sagte Flaherty ruhig. »Dachten Sie, wir ernten ab und ziehen nach vier Wochen aus?«

Der kleine Mann, plötzlich in die Defensive geraten, sagte kleinlaut: »Mir gehört das Haus nicht. Ich halte mich nur an die Anweisungen.«

»Das hat Eichmann auch gesagt«, knurrte Rudolf.

»Und was Anzeigen oder Schadensersatzprozesse angeht«, sagte Flaherty, »wenn wir vor Gericht auftreten und erklären, wie durch Ihre ungerechtfertigten Eingriffe eine ganze Ernte für uns verlorengegangen ist . . . Und außerdem kennen Sie, mein lieber Herr, die Räumungsvorschriften sicherlich genausogut wie ich und mein junger Kollege, der noch Jura studiert.«

Der kleine Mann befand sich in vollem Rückzug.

»Ich komme wieder«, sagte er. »Ich muß mit den neuen Eigentümern sprechen.«

»Nicht so schnell«, meinte Flaherty. »Wer sind sie?«

»Darf ich nicht sagen – ich meine, ich weiß es nicht.«

Flaherty lächelte.

»Schon in Ordnung«, sagte er. »Ich weiß es schon. Sagen Sie nur, daß es nicht geklappt hat. Wir nehmen die vollen dreißig Tage in Anspruch, nachdem uns die formelle und rechtlich unanfechtbare Kündigung zugegangen ist. Und was Ihren neuen Eigentümern wahrscheinlich viel mehr Sorgen macht – Sie können ihnen sagen, daß das Haus piksauber sein wird. Ich möchte fast sagen, unbefleckt.«

»Aber sie wollen gar nicht –« Der kleine Mann beschloß plötzlich, nicht zu verraten, was sie nicht wollten.

»Das weiß ich auch«, sagte Flaherty lächelnd. »Aber das wird gar keine Schwierigkeiten machen. Der ganze Besitz wird sauber, glänzend und keimfrei sein.«

Der kleine Mann ging, ganz offenkundig unglücklich.

»Was war denn das alles?« erkundigte sich Rudolf.

»Diese Erz-Halunken!« ereiferte sich Flaherty.

»Wer hat das Haus gekauft?«

»Ahnen Sie das nicht?«

»Eigentlich nicht.«

Flaherty begann die Presse abzubauen. Rudolf half ihm verwirrt.

»Das war Riordan«, erklärte Flaherty nach einer Weile grimmig. »Der mit seinem Füßescharren! Der Quatschkopf wird nie verlegen, und wenn man ihn dabei ertappt, daß er den Klingelbeutel ausraubt.«

Rudolf dachte an das Verhalten des Privatdetektivs, bevor er Flahertys Hohn erlegen war und das Weite gesucht hatte.

»Da komme ich nicht mit«, sagte er.

Flaherty sah den Indianer an.

»Wie schon gesagt. Das Gebiet ist klein. Glauben Sie nicht, daß jeder Genetiker den Flaherty kennt?« Er betrachtete die Reihe von Waschmaschinen an einer Wand. »Verschlissen. Nächstesmal wollen wir sehen, was wir mit Sand- und Kiesanlagen machen können.«

»Haben wir denn schon genug Geld?«

»Wedeln Sie mal mit ein paar Tausendern, dann bekommen wir alles auf Kredit für neunzig Tage. Das ist nicht so, wie wenn man wirklich pleite ist.«

»Aber Sie haben doch gesagt, daß dann am Schluß ein anderer im Sattel sitzt.«

»Wenn wir Geld borgen. Aber das tun wir nicht. Wir kaufen eine heruntergekommene kleine Kiesgrube, die bis zur Lehmschicht hinunter ausgebeutet ist – vorausgesetzt, es ist der richtige, völlig unbrauchbare Lehm. Innerhalb einer Woche haben wir alles bezahlt.«

Rudolf hatte das dumpfe Gefühl, daß es nicht so einfach sein würde.

»Warum haben wir soviel Angst, wenn wir auf dem Weg nach oben sind?«

Flaherty grinste.

»Bringen Sie den Kleinlaster nach hinten. Das einzige, was sich mitzunehmen lohnt, ist die große Presse. Den Rest lassen wir da. Er ist zu klein für uns und nutzlos für die anderen.«

»Wollen wir nicht hierbleiben und kämpfen?«

»Beeilen Sie sich mit dem Fahrzeug.«

Rudolf fuhr den Kleinlaster nach hinten und half mit, die große Presse, die sie eben erst montiert hatten, abzubauen. Selbst in Einzelteilen würde das eine große Ladung ergeben. Sie brauchten schon einen größeren Lastwagen.

»Muß bald einen Tag freinehmen und auch zu einem Patentanwalt gehen«, sagte Flaherty zwischen Stöhn- und Brummlauten. Sie plagten sich mit den schweren Eisenträgern ab, und schließlich lag die Presse im Laderaum des absackenden Fahrzeugs. »Wollen Sie sonst noch was mitnehmen?«

Rudolf holte ein paar von seinen Sachen und den alten Fernsehapparat.

»Kommen wir nicht zurück?«

»Nein. Helfen Sie mir mit dem Vorschlaghammer.«

»Dem was?«

»Wir zerschlagen alles, was wir hierlassen.«

»Wozu? Es ist doch nichts wert?«

»Natürlich nicht. Es soll so aussehen, als wären wir in eine Panik geraten.«

»Stimmt das etwa nicht?«

»Nicht ganz. Los.«

Rudolf begann auf die kleine Presse einzuhämmern, die sie am Anfang verwendet hatten. Er fragte sich, was das eigentlich sollte. Flaherty werkte mächtig mit einem Pickel und durchbohrte die Waschmaschinen, die sie für das Schwimmverfahren verwendet hatten. Endlich war die Verwüstung vollständig.

»Ich verstehe nicht, was Sie gewonnen haben«, meinte Rudolf. »Jeder sieht, was das für Maschinen waren. Was verbergen wir eigentlich?«

»Letzter Aufruf. Wir suchen eilig das Weite.«

Rudolf sah im Haus nach, ob er etwas vergessen hatte. Plötzlich fiel ihm der Inkubator ein. Er holte ihn und stieg ins Fahrzeug.

4

Eine alte Kiesgrube zu finden, nahm weniger Zeit in Anspruch, als Rudolf angenommen hatte. Flaherty kämpfte eine Stunde gegen den Verkehr im Hudson Valley, dann bog er in eine Nebenstraße ein. Nach wenigen Minuten fuhren sie durch ein Dorf aus dem neunzehnten Jahrhundert.

»Möchte wissen, wie die Baulöwen das übersehen haben«, sagte Rudolf.

Eine Meile nach dem Ort fuhr Flaherty rückwärts in ein großes Gebäude, und sie stemmten die Presse hinaus.

»Woher wissen Sie davon?« fragte Rudolf.

»Bin schon auf der Suche gewesen, seitdem der erste Brief kam.«

»Warum?«

»Kann Riordan weit sein, wenn die Post mich findet?«

Es wurde schon fast hell, als Flaherty zum Ort zurückfuhr und vor einem kleinen, weißen Haus hielt. Er zog einen Schlüssel heraus, und sie luden vor einem Publikum zuckender Jalousien ihre persönliche Habe aus. Das Haus war möbliert. Rudolf nahm den Telefonhörer ab und hörte das Freizeichen.

Am späten Nachmittag fuhren sie zur Kiesgrube. Rudolf stellte Regner auf und setzte Kulturen aus. Es gab eine Becherförderanlage, Transportbänder, Siebmaschinen und einen Kipplaster. Sechs Tage vergingen mit mehr als anstrengender Arbeit, mit dem Pumpen von Matsch durch die flammende Presse. Aluminium stapelte sich.

»Wann verkaufen wir?« fragte Rudolf.

Flaherty sperrte für die Nacht alles ab, und sie stiegen in den Kleinlaster.

»Wissen Sie, was passiert, wenn das ganze Metall auf den Markt kommt?«

»Wir sind heute nacht Zielscheibe.«

»Wie sieht es mit unserem Geld aus?«

Rudolf schnitt eine Grimasse.

»Sechs Tage«, sagte Flaherty nachdenklich. »Fast zu lang, verflixt.«

»Zu lang wofür?«

»Erinnern Sie sich, daß Riordan wie ein verlegener Halbwüchsiger gescharrt hat?«

Rudolf nickte.

»Wenn Sie zum Briefschlitz hinausgeguckt hätten, wäre Ihnen aufgefallen, wie er seine Schuhe in einer Plastiktüte verstaut hat.«

»Da komme ich nicht mit.«

»Man muß sein Handwerk verstehen, mein Junge. Die Leute kennen mich und meine Arbeit. Menschenskind, innerhalb von fünf Jahren hätte das wieder jemand erreicht, selbst wenn unsere schleimige Freundin nicht aufgetaucht wäre.«

»Warum verstecken wir uns eigentlich, wenn alle wissen, was wir machen?«

»Was haben wir, das keiner hat?«

»Sie wissen, daß wir Aluminium herstellen, und wenn Riordan eine Kultur gestohlen hat –« Rudolf verstummte plötzlich.

Flaherty grinste.

»Inzwischen ist tot, was Riordan mit den Schuhen abgestreift hat. Das wird man auf einen Zufall zurückführen. Die neuen Besitzer unseres Hauses ziehen Kulturen aus dem Dreck, um herauszubekommen, warum alles abstirbt. Wenn ich ganz ehrlich bin, ich möchte selber wissen, wie es geht, einem Gen diese Selbstzerstörung einzupflanzen.«

»Wir können uns nicht ewig verstecken. Wir sind pleite.«

»Richtig. Aber wir könnten Folgendes versuchen ...«

Um drei Uhr nachts steuerte Rudolf den ächzenden Lieferwagen durch den Ort und hinaus auf die Mautstraße nach North Bergen. Minuten, bevor geöffnet wurde, kam er auf dem Schrottplatz an.

»Hab' Sie schon eine Weile nicht mehr gesehen«, meinte der Waagemeister.

Rudolf gab ihm recht.

»Immer noch im alten Haus?«

Rudolf gab einen Knurrlaut von sich.

Der Waagemeister betrachtete die Ladung schimmernder Aluminiumstücke.

»Wo kriegen Sie das ganze Zeug her?«

»Ich hab' einen anstrengenden Tag vor mir.«

Sie wogen das Metall ab. Der Händler sah Rudolf prüfend an.

»Mein Bargeld ist noch nicht gekommen. Muß Ihnen einen Scheck geben.«

»Ich warte.«

»Kann ziemlich lange dauern.« In diesem Moment bog ein gepanzertes Fahrzeug um die Ecke und fuhr auf den Schrottplatz.

»Ich gebe Ihnen die Hälfte in bar. Muß auch an die anderen Kunden denken.«

Rudolf begann, die Aluminiumstücke wieder in den Kleinlaster zu schleppen.

Der Händler zappelte und wand sich; er wog den Profit gegen den Ärger ab, den er sich einhandelte, wenn er Rudolf laufen ließ.

»Niemand zahlt soviel Geld aus, wenn er nicht weiß, woher das Metall stammt«, sagte er warnend. »Wenn es heiß ist, sitze ich in der Patsche.«

Rudolf lud weiter ein.

»Na schön, na schön!« Der Händler zählte achtzehnhundert Dollar hin.

Rudolf schüttelte den Kopf.

»Das ist Fünfmal-neun-Metall.«

»Was?«

»Neunundneunzigkommaneunhundertneunundneunzig Prozent rein. Ich kann es sofort ins Labor bringen.«

»Wieviel wollen Sie?«

»Das Doppelte.«

Rudolf hatte das ganze Metall wieder im Fahrzeug, bis der andere Mann seinen Dreieckdisput zwischen Gewissen, gesundem Menschenverstand und einem guten Handel entschieden hatte.

»Hören Sie«, sagte er, »ich rufe die Bank an und lasse das Bargeld für Sie bereitlegen.«

»Bei kleinen Scheinen kann die Zahlung nicht gesperrt werden.«

»Sie wollen dreitausendsechshundert Dollar, und ich soll das ganze Risiko tragen. Ich gebe Ihnen dreitausend.«

»In Ordnung.«

Der Händler zählte achtzehnhundert Dollar aus seiner Schublade hin. Er öffnete den Sack aus dem Panzerauto und bezahlte den Rest mit neuen Zwanzigdollarscheinen.

Rudolf steckte das Geld ein und richtete sich plötzlich auf.

»Ich hab' eine Vorliebe für sauberes Geld«, sagte er. »Geben Sie mir nur neue Scheine ohne die komischen kleinen Zeichen.«

Der Händler tauschte sie wortlos aus. Rudolf unterschrieb die Quittung und fuhr von der Waage, während er sich Methoden ausdachte, bei denen der Halunke es bereuen würde, den armen Indianer um sechshundert Dollar geprellt zu haben. Im Rückspiegel sah er, wie der Händler hastig eine Rufnummer wählte.

Es war zuviel. Rudolf stieß den Rückwärtsgang hinein und fuhr zurück, so daß die Reifen quietschten. Er platzte ins Büro, während der Händler noch telefonierte.

»Wen rufen Sie denn so eilig an?«

»Hören Sie, ich will keinen Ärger – bitte, HILFE!«

Rudolf sah den Anschlagzettel am Telefon:

›250 Dollar Belohnung
Wenn jemand dies anbietet
(darunter ein Bild eines ihrer Alu-Stücke)
wählen Sie sofort diese Nummer.‹

Es war eine Rufnummer in New York.

Rudolf nahm dem Schrotthändler den Hörer aus der schlaffen Hand.

»Mein Skalpmesser habe ich nicht dabei«, sagte er eisig, »aber wenn die Polizei kommt, werden Sie sich wünschen, daß ich mich mit Ihren Haaren begnügt hätte.«

»Was glauben Sie, wen ich anrufe?«

»Was glauben *Sie*, wen Sie anrufen?«

Der Schrotthändler begriff, daß er nicht auf der Stelle sterben mußte. Er wischte sich das Gesicht und dachte kurz nach.

»Sie haben recht«, sagte er. »Keiner hat von der Polizei gesprochen.«

»Was haben Sie den Leuten gesagt?«

»Ich – ich habe Sie und Ihr Fahrzeug beschrieben.«

»Sie haben eben dafür gesorgt, daß sechs Monate Ermittlungen für die Katz sind.« Rudolf griff nach dem Hörer und wählte einen Fernanschluß. »Leutnant Flaherty?«

»Was soll denn das?«

»Der Schrotthändler in North Bergen hat den Hals in der Schlinge. Sie müssen ein paar Leute schicken, damit er nicht umgelegt wird.«

»Rudolf, sind Sie das? Was soll der Quatsch?«

»Richtig, Leutnant. Er hat das Ganze in die Luft gehen lassen. Wollen Sie ihn nicht doch lieber festnehmen?«

»Haben Sie Probleme, mein Junge?«

»Ja, es könnte haarig werden, aber Sie haben recht. Man kann den armen Mann nicht aus seinem Betrieb holen. Aber schicken Sie möglichst schnell die Leute. Die Organisation hat einen Vorsprung.«

»Rudolf, hört da jemand mit?«

»Richtig, Leutnant. Ich melde mich später.«

Der Schrotthändler war ein bibberndes Wrack, als Rudolf abfuhr.

Eine halbe Stunde später hatte Rudolf den Kleinlaster dort, wo er gekauft war, unter erheblichem Verlust wieder verkauft. Seine ausgebeulten Taschen erregten Aufmerksamkeit. In der Toilette einer Tankstelle stopfte er Geldscheine in Umschläge, die an Mr. Raymond, an Mr. Fuller und an die ›Mieter‹ in ihrem weißen Holzhaus adressiert waren. Er verließ die Toilette und steckte einen Umschlag in den Briefkasten. Zwei Straßen weiter gab er den zweiten auf.

Der Flugzettel mit dem Bild ihres seltsamen Metalls hatte eine New Yorker Nummer getragen. Rudolf fragte sich, wer die Leute waren, und ob sie schon einen Mann hier in der Gegend eingeschaltet hatten. Er hatte genug Spionageromane gelesen, um die Grundzüge der Beschattung von vorn und hinten mit Schicht- und Arbeitseinteilung zu kennen. Das einzige, was er nicht erkennen konnte, war, ob ihm tatsächlich jemand folgte.

Dann fiel ihm plötzlich eine Blondine im Minirock auf. Dasselbe Mädchen, das er schon fünf Straßen vorher bemerkt hatte? Es gab doch sicherlich nicht zwei langhaarige Blondinen, die allerlei zum Zugreifen verlockende Schenkelflächen in derselben korallenroten Strumpfhose darboten ... Aber mußte ein Beschatter nicht unauffällig sein? Ein Täuschungsmanöver?

Er bog in beliebiger Richtung um zwei Ecken, und da war sie wieder. Mensch! Sie sah ihn und ging schneller. Rudolf beschloß, ihr zu folgen, um zu sehen, was sich ergeben würde. Die Blonde hetzte jetzt wie wild dahin, und bei jedem Laufschritt sah man ihr Höschen.

Rudolf lief ihr mit seinem Indianertrab nach, die Zehen nach innen gerichtet, und begriff, daß er eher wie ein vorübergehend unberittener Angehöriger eines Kriegertrupps aussah, statt wie ein Stammgast der Party-Runde. Wann hatte er sich zum letztenmal die Haare schneiden lassen? Wann war sein letzter ordentlicher Anzug mit Schlamm bespritzt worden? Er hatte das Mädchen fast eingeholt, als sie eine Kreuzung betrat. Die Ampel war ausgefallen, aber ein Verkehrspolizist in der Mitte hob die Hand und hielt Rudolf auf, während die Blondine hinüberging.

Sie blieb stehen und sprach mit dem Polizisten. Der Beamte zuckte die Achseln und schüttelte den Kopf. Das Mädchen gestikulierte wütend. Sie sprachen noch kurz miteinander, dann ging sie weiter. Der Polizist ließ eine Gruppe von Fußgängern über die Straße.

»Sie da, stehen bleiben!« sagte er zu Rudolf.

»Ja?«

»Das Mädchen sagt, Sie steigen ihr nach.«

»Was für ein Mädchen?«

Der Polizist deutete auf die Minirock-Blondine mit den langen, glatten Haaren, die schon einen halben Block weiter war.

»Hübscher Skalp«, meinte Rudolf. »Hat sie Ihnen gesagt, wer sie ist?«

»Nein.«

»Hat sie Ihnen gesagt, wer ich bin?«

Wieder räumte der Polizist seine Unwissenheit ein.

»Ich heiße Lo. Ferner bekannt als der Arme Indianer. Meine Steckenpferde sind Verleumdungsrecht, die juristischen Aspekte der Belästigung und das Abfassen zorniger Briefe an Polizeichefs. Wollen Sie mich festnehmen oder davon ablassen, mich in der Verfolgung meiner privaten und gesetzlichen Angelegenheiten zu behindern?«

»Hoffentlich erwischen Sie sie«, knurrte der Polizist. »Ihr seid füreinander geschaffen.«

Eine Straße weiter stieß Rudolf auf einen Gebrauchtwagenplatz. Während er sich immer noch überlegte, ob die Blondine wieder auftauchen würde, huschte er hinten auf den Platz und tat so, als interessiere er sich für ein Auto.

»Kann ich Ihnen vielleicht einen schönen Wagen vorführen?«

Rudolf überlegte kurz. Da der Kleinlaster weg war, brauchten er und Flaherty ein Fahrzeug, um zur Kiesgrube zu gelangen.

»Wieviel?« fragte er.

»Die kleine Schönheit da ist für nur hundertfünfundneunzig Dollar glatt geschenkt.«

Rudolfs Hand war schon unterwegs zu seiner Tasche, als ihm einfiel, daß das nicht normal war.

»Mal sehen, wie das Ding läuft.«

Nach einer kurzen Probefahrt einigten sich Rudolf und der Verkäufer darauf, daß ein Preis von hundertvierzig Dollar in bar eher geschenkt war. Zwanzig Minuten später hatte Mr. Redman eine Quittung nebst Rechnung. Er besorgte sich an einer Tankstelle Benzin, Öl und Straßenkarte, dann fuhr er nach Westen, mit neunzig Grad Abweichung vom direkten Heimweg.

Nach einstündigem Kurven durch New Jersey war Rudolf überzeugt davon, daß ihm niemand folgte. Er hielt, um sich die Karte anzusehen. Und hörte einen Hubschrauber!

Er drehte am Außenspiegel und versuchte zu sehen, ohne gesehen zu werden. Bevor er die verrostete Halterung verstellen konnte, war der Hubschrauber durch die Windschutzscheibe zu sehen. Er flog in gerader Linie gluckernd nach Westen. Als er verschwunden war, stieg er aus und besichtigte das Dach seines Wagens.

Es war ein ganz gewöhnlicher blauer Ford. Er fuhr zurück zur Autobahn und entdeckte verspätet, daß er ein funktionierendes Autoradio besaß. Er suchte Musik und erwischte das Ende einer Nachrichtensendung: »Wachsende Spannungen, während sich der Akzent heute von Flugzeugentführungen zu Gebietsverletzungen verschiebt. Fischer aus Alaska haben den Kongreß um Kaperbriefe ersucht, um ihre Boote zu bewaffnen und auf eigene Faust Krieg gegen russische Trawler zu führen, die Fangnetze beschädigen und die Fischereigründe beeinträchtigen.

Inzwischen ziehen geheimnisvolle Blitze und Detonationen, begleitet von Fischsterben in erheblichem Ausmaß, langsam den

Hudson hinunter. Die Ökologen, die kein Gift finden, stehen vor einem Rätsel. Trotz der Meldungen über ein U-Boot im Hudson hüllen sich Marinesprecher in Schweigen.«

Rudolf war schon seit einer Weile von einer unklaren Nervosität befallen. Plötzlich konzentrierte sie sich in seinem Rückspiegel, als ihm klar wurde, daß der beige Plymouth schon viel länger hinter ihm war, als das der Statistik nach erforderlich sein konnte. Rudolf gab die Sporen. Die Karre spuckte blauen Rauch und fuhr los. Der beige Plymouth fuhr zwei Spuren weiter links an.

Als Rudolf die Maut bezahlte, ließ er den Motor absterben.

»Ersoffen«, sagte er. »Muß ein paar Minuten warten.«

Der Mauteinnehmer gab ein Zeichen, und ein Laster mit breiter Holzstange schob ihn an den Rand der Autobahn. Rudolf wartete darauf, daß der beige Plymouth weiterfuhr. Nach eineinhalb Minuten tat er es. Er wartete noch zehn Minuten, bevor er die Fahrt fortsetzte. Als er wieder in den Rückspiegel blickte, war der Plymouth wieder da.

Rudolf überlegte sich, ob er es der Blondine an der nächsten Mautstelle nachmachen sollte. Sie war aber attraktiv und weiblich gewesen. Ein ungeschorener Indianer, der ein Bad brauchte, mochte nicht soviel Erfolg haben.

Entkommen konnte er dem Plymouth nicht. Wenn er ihn rammte, brachte das die Polizei und Komplikationen. Er rollte gleichmäßig mit sechzig Meilen in der Stunde dahin, und der Plymouth hielt gehörigen Abstand. Er benützte eine Ausfahrt, kurvte im Verkehr herum und wieder zurück auf die Autobahn. Er war fast schon in Pennsylvania.

Vor der nächsten Mautstelle lungerten drei Langhaarige mit abgetragenen Sachen von der Art herum, wie Rudolf sie aus der Reservatszeit kannte. Er hielt. Zwei davon hatten dicke Buffalo-Bill-Schnurrbärte.

»Wir wollen zur Küste«, sagte einer. »Wie weit fahren Sie?«

»Kommt darauf an. Ich habe einen interessanten Vorschlag.«

Der Hochgewachsene legte schützend den Arm um das Mädchen.

»Das ist nicht meine Tour«, meinte Rudolf. »Habt ihr was Heißes dabei?«

»Nur ein bißchen Gras, Mann.«

»Könnt ihr euch eine Festnahme leisten, wenn ihr es wegwerft?«

»Wir sind sauber.«

»Ich gebe euch den Wagen.«

»So? Und wo ist der Haken?«

»Im Tausch für Ihre Jacke, den großen Hut, und dafür, daß ihr den Kerl so weit von hier wegführt, wie möglich, überschreibe ich ihn euch.«

»Was für einen Kerl?«

Rudolf deutete nach hinten auf den Plymouth.

»Bullen?«

»Ehemann.«

»Wenn sie uns schnappen, wird es heißen, wir hätten Sie gezwungen.«

»Wenn ich nicht Anzeige erstatte, kann die Polizei gar nichts machen. Ihr kassiert vielleicht sogar wegen unrechtmäßiger Festnahme.«

Die drei kamen wortlos zu einer Einigung.

»Macht etwas, damit man hinten nicht hereinsehen kann«, sagte Rudolf. Als er mit dem Mann auf dem Vordersitz Platz tauschte, griff er nach dem Schlapphut und setzte ihn auf. Nach ein paar kleinen Schlenkern hatte der neue Fahrer den Wagen in der Gewalt, und Rudolf half ihm aus seiner Fransenjacke. Er zog seine eigene schmutzige Mohairjacke aus. Er schaute sich um und sah, daß die beiden auf dem Rücksitz den Einblick nicht mehr blockierten. Sie hatten ihre schmutzigen Jeans ausgezogen und taten, was die Natur nahelegte. Der Plymouth war vorübergehend in einem Pulk von Autos eingesperrt.

»Schneller«, sagte Rudolf. Augenblicke später kauerte er an einer Ausfahrt und zeigte den Daumen, als der beige Plymouth vorbeifegte.

Rudolf ging die Auffahrt hinauf und winkte mehreren Taxis, bevor eines hielt.

»Fahren Sie mich zu einem Bekleidungsgeschäft«, sagte er. Der Fahrer sah ihn merkwürdig an.

Er erntete noch mehr seltsame Blicke, als er den Schlapphut und die Fransenjacke in einer Mülltonne deponierte. Als er mit neuer Jacke und Hose aus dem Geschäft kam, fiel er weniger auf. Ein Polizist zeigte ihm den Weg zum Busbahnhof.

Die Omnibusrouten waren nach dem Kreislaufsystem einer Amöbe entworfen. Von hier nach Hause gab es keinen direkten Weg. Er fuhr schließlich zur nächsten Stadt Richtung Osten und wechselte fast die ganze Zeit von einem Bus zum anderen, döste immer wieder und wurde von Alpträumen heimgesucht, in denen ihn ein treuloses Totemtier jagte.

Als es schon fast hell wurde, wurde er im Durcheinander des Bus-Terminals in der 42. Straße von New York abgesetzt. Er suchte eine unbesetzte Telefonzelle. Flaherty würde inzwischen die Möbel zerkauen. Gerade als er erster in der Reihe vor einer Zelle war, plärrten die Lautsprecher: »Aardvark, Hippogriff, Unicorn, Lecithin, Trockenmilch, RNS & DNS.« Rudolf rannte los und war als erster an Bord. Er betrachtete die anderen Fahrgäste und suchte ein bekanntes Gesicht.

Der Bus schlängelte sich den Hudson hinauf, hielt und wartete aus Gründen, die nur dem Fahrplanschöpfer bekannt waren. Es war fünf Uhr nachmittags, bis er endlich erschöpft und mit brennenden Augen an dem weißen Holzhaus ankam. Flaherty mußte noch in der Kiesgrube sein.

Rudolf seufzte und steckte den Schlüssel ins Schloß. Er hatte es geschafft. Jetzt brauchte er nur noch zu entscheiden, ob er zuerst duschen oder essen sollte. Vielleicht sollte er auch ein Glas trinken.

Bevor er die Tür ganz aufgesperrt hatte, wurde sie aufgerissen. Pamela St. Audrey stand vor ihm, mit einem Ausdruck unfaßbarer Freude auf ihrem wunderschönen Gesicht.

»Liebling!« kreischte sie. »Ich dachte schon, du kommst überhaupt nicht mehr!«

5

Pamela St. Audrey hier! Rudolf entschied, daß er halluzinierte. Vielleicht hatten die Hippies auf dem Rücksitz sein Unbewußtes dazu bewogen, sich an seinen eigenen keuschen Zustand zu erinnern. Die eisig-kühle, stets selbstbeherrschte Pamela wirkte ein ganz klein bißchen betrunken.

Rudolf blinzelte mit ausgetrockneten Augen. Pamela war wirklich hier. Pamela war wirklich betrunken.

Sie war bei weitem nicht so betrunken wie Flaherty.

»Mein Junge!« sagte der Ire mit weit ausholender Geste. »Die liebliche Lady wartet schon den ganzen Tag auf Sie.«

Rudolf setzte sich auf den erstbesten Stuhl. Im ganzen Zimmer waren Zwanzigdollarscheine verstreut.

»Das kann nicht wahr sein!« murmelte Rudolf. Aber er wußte, daß es wahr war. Bis jetzt konnte erst ein Umschlag zugestellt worden sein, vermutete er. Wenn es ihm nur gelang, die anderen in die Hände zu bekommen, bevor dieser übergeschnappte Ire den ganzen Ort mit dem Geld tapezierte . . .

»Was führt dich her?« fragte er Pamela. Herrgott, was war los mit ihm? Er hatte für den Tag gelebt und von ihr geträumt, an dem er Pamela St. Audrey wiedersehen würde. Jetzt war sie hier, und er wünschte sich, daß sie ging oder sich so lange abschaltete, bis er gebadet und rasiert war und ein paar Stunden geschlafen hatte – so lange, daß er Flaherty aufwischen und über seinem Bett auswringen konnte.

»Liebling, du hast dich versteckt«, schmollte Pamela. »Und du hast mir nie erzählt, daß du Doktor Flaherty kennst!«

Der wilde Ire füllte sein Glas bis an den Rand mit der aktiven Zutat, ohne Auffüll- oder Verwässerungsflüssigkeit. Er mixte für Rudolf und Pamela einen Whisky mit Wasser.

»Also«, sagte er überschwenglich, »es war eine lange Zeit.«

»Sie haben mir nie erzählt, daß Sie Pamela kennen.«

»Ah, ja, machmal vergißt man eben was.« Flaherty hob sein randvolles Glas. »Auf die Wissenschaft!« sagte er.

Gedankenverloren hob Rudolf sein Glas und nippte.

»Wartest du schon lange?« fragte er Pamela. Als sie sich herumdrehte, um zu antworten, hob Flaherty sein Glas erneut.

Rudolf hatte schon genug betrunkene Indianer gesehen, um nicht selbst Säufer geworden zu sein. Er wußte, daß ein einziger Schluck für einen leeren Magen zuviel war.

»Ich muß mich duschen und umziehen«, sagte er. »Du bleibst hier und bezauberst Flaherty noch zehn Minuten.«

Mehr noch als ein Bad brauchte Rudolf Zeit zum Nachdenken. Gehörte Pamela zur Verschwörung? Nein, das war verrückt! Wo war der verdammte Mohawk, der ihn in Pamelas orientalischrotem Lamborghini verdrängt hatte?

Auf dem Treppenabsatz schaute er sich um. Pamela trug ein Maxikleid, das auf irgendeine Weise aufreizender war als alle Mikrominis, die er je an ihr gesehen hatte. Und dieser betrunkene Lümmel von Ire beugte sich über sie und starrte in einen Ausschnitt, der den langen Rock mehr als wettmachte.

Während die Wanne vollief, rasierte er seine spärlichen Indianerstoppeln von Oberlippe und Kinn, dann ließ er sich hineingleiten und die Busfahrten aus seinen Knochen schwemmen. Auf der Treppe wurden Schritte hörbar. Gott sei Dank, dachte er. Jetzt kann ich mit Flaherty unter vier Augen sprechen. Aber als die Tür aufging, war es Pamela.

»Uuuuuuuh!« quietschte sie. »Das sieht guuuuuut aus!«

Rudolf erinnerte sich an die Gelegenheiten, als er Pamela St. Audrey beinahe entkleidet hatte – immer ein Telephon, ein Klopfen an der Tür ... Er fragte sich, ob ihr ekstatisches Quietschen dem heißen Badewasser oder seiner entblößten Männlichkeit galt, die bequem stand. Bevor er sich der Lage gewachsen zeigen konnte, gab sie ihm ein volles Glas und verschwand. Augenblicke später war Rudolf angezogen und wieder unten.

»Wo ist Flaherty?« fragte er.

»Er wollte in einer halben Stunde zurück sein«, sagte Pamela girrend.

Unterwegs, um den Ort mit meinem Geld zu tapezieren! dachte er.

»Du hast mir immer noch nicht gesagt, wie du hergekommen bist.«

Pamela reckte sich und unterdrückte ein damenhaftes Gähnen.

»Ich bin gefahren. Der Lamborghini steht hinter dem Haus.«

Bevor er die Frage neu formulieren konnte, kam Flaherty durch die Tür gewankt.

»So, so«, sagte er feixend, »die Kinder haben sicher eine Möglichkeit gefunden, sich zu amüsieren.« Er kippte zwei Säcke mit Lebensmitteln auf den Tisch. »Bleibt nur sitzen«, fuhr er fort. »Der Flaherty steht im Begriff, Eiweiß ein bißchen zu verändern.«

Schließlich standen Steaks und diverse Delikatessen auf dem Tisch. Flaherty präsentierte eine neue Flasche. Weißwein, sah Rudolf.

»Was führt dich her?« fragte er noch einmal.

»Der Six-Nations-Unterstützungsfonds.«

Hätte ich mir denken können! dachte er.

»Der Laden, den dieser Mohawk betreibt?«

»Ja, Arch leitet ihn.«

»Wo ist denn der gute, alte Arch immer zu finden?«

»Liebling, du und Doktor Flaherty, ihr müßt übers Wochenende unbedingt nach Northumber hinauskommen.«

»Der berühmte Landsitz der St. Audreys! Mit dem größten Vergnügen.« Flaherty machte eine Verbeugung.

Rudolf hob schnell den Kopf, aber die arglosen Augen des Iren glänzten vor Ehrlichkeit. Rudolf hätte sich am liebsten entschuldigt, dringende Arbeiten vorgeschützt – irgend etwas.

»Viel zu viel gearbeitet«, fuhr Flaherty fort. »Brauchen ein Wochenende auf dem Land.«

War Flaherty zu berauscht, um zu ahnen, was Rudolf auf der Heimfahrt durchgemacht hatte?

»Wer paßt hier auf?«

»Ich vermute, daß alles gut bewacht wird«, meinte Flaherty.

»Und Sie –« Guter Gott! Rudolf konnte diesen unverantwortlichen Trunkenbold hier nicht allein lassen. Und wenn der verrückte Ire allein fortfuhr, würde er dann je zurückkommen?

»Bitte, Liebling«, drängte Pamela.

Rudolf murmelte etwas Unverbindliches. Verteufelter Schnaps auf leeren Magen!

Das Essen ging weiter, und Pamela und Flaherty wurden immer betrunkener. Rudolf mied den Weißwein, als das zweite Glas, das Flaherty einschenkte, nach Tullamore Dew schmeckte.

»Was ist das für ein Weekend in Northumber?« fragte Rudolf.

»Alles kommt. Es wird phantastisch.«

»Trinken Sie aus, mein Junge. Man ist nur einmal jung.«

Rudolfs Taschen beulten sich von den Geldscheinen, die er bei jeder Gelegenheit aufhob und einsteckte. Früher oder später würde Pamela sich an die wohltätige Einrichtung dieses verdammten Mohawk erinnern, und er wollte sein Geld außer Reichweite haben.

Pamela begann sich aufzulösen. Plötzlich bemerkte er, daß sie Tullamore Dew pur aus dem Weinglas trank, das Flaherty immer wieder nachfüllte.

»O je!« sagte sie »Also wirklich, ich –« Sie stand auf, und ihr Stuhl kippte um.

Rudolf führte sie hinauf und legte sie auf sein Bett. Zum Henker mit Flaherty! Sobald er erst den Rest des Geldes zusammengerafft und weggeräumt hatte ... Als er wieder hinunterkam, hockte Flaherty auf dem Sofa und trank aus der Flasche.

»Was, zum Teufel, ist hier los, wenn ich mal kurz verschwinde?« fragte Rudolf.

»Wir gehen auf eine Party. Ah, riechen Sie es denn nicht?«

»Was?«

Flaherty deutete auf Rudolfs dicke Taschen.

»Den süßen Duft des Erfolgs!«

»Ich dachte, Geld ist Ihnen egal. Außerdem würden Sie es nicht so nennen, wenn Sie durchgemacht hätten, was mir passiert ist.«

»Klar, und vertragen tun Sie auch nichts.«

»Sie sind der Besoffene.«

»Das bin ich, mein Junge.«

»Woher kennen Sie eigentlich Pamela?«

»Hab' mal für ihren Vater gearbeitet.«

»Was haben Sie den ganzen Tag gemacht?«

»Ihre junge Dame hat mich netterweise zu einer Besichtigung der Kiesgrube begleitet. Sie hat sich Schuhe und Strumpfhose ruiniert, als sie durch den Dreck stapfte. Sie ist gestolpert und hat es fertiggebracht, sich von Kopf bis Fuß vollzuschmieren.«

Das klang nicht nach der superkühlen, immer überlegenen Pamela. Wie üblich, wenn er etwas getrunken hatte, spürte Rudolf, daß sich über seiner akademischen Tünche eine ältere Mentalität erhob – eine finstere Erinnerung an alten Betrug und gebrochene Versprechungen. Er sah kurz im Spiegel sein erbostes Gesicht. Ist dies das Antlitz, das fünftausend Exemplare herausgebracht und Kritiken in ›Time‹ und ›Life‹ bekommen hat?

»Warum spioniert sie hier herum?«

»Na, na, mein lieber Junge«, sagte Flaherty beruhigend. »Wir wollen barmherzig sein und sagen, daß sie von jemandem benützt wird, der von ihrer Verbindung mit Ihnen weiß.«

»Von dem gottverdammten Mohawk?«

Flaherty grinste trunken.

»Ist er derjenige, der Geld verliert, wenn der Aluminium-Preis sinkt, und der schon Verträge zu den alten Preisen für sein wunderbares neues Gebäude unterschrieben hat?«

»Mr. St. Audrey? Das erfinden Sie doch!«

»Gewiß. Halten Sie mich für einen Gedankenleser?«

Es fiel leichter, daran zu glauben, als Rudolf zugeben wollte.

»Aber Pamela würde nie –«

»Ist sie keine brave Tochter?«

Brave Tochter! Das hatte er seit der Schulzeit im Reservat nicht mehr gehört. Aus irgendeinem Grund schien es auf Pamela nicht zu passen.

Flaherty schien auf einmal nachzulassen. Rudolf schaffte ihn ins Bett, und der Ire fing sofort zu schnarchen an. Rudolf hatte gute Lust, Bett samt Inhalt aus dem Fenster im Oberstock zu werfen, aber das war der Mann, der sein eigenes Blut verkauft hatte, um ihnen den Start zu ermöglichen. Rudolf seufzte und ging wieder hinunter. Er beseitigte das ärgste Durcheinander und durchsuchte das Zimmer nach herumliegenden Geldscheinen. Er fand Pamelas umgekippte Handtasche hinter einem Sofa – Zigaretten, Schlüssel, Kämme, Parfüm, Kleingeld, seltsame metallene Gegenstände, die wohl mit Frisuren zu tun hatten. Er hob einen Lippenstift auf, und die Kappe fiel herunter. Schleimiger Matsch quoll heraus.

Er untersuchte den Lippenstift. Das Innere war herausgenommen worden, was den Stift in ein kleines Fläschchen verwandelte. Plötzlich begriff Rudolf, daß sein vom Alkohol hervorgerufener Argwohn, daß die dumpfe Reservatsmentalität besser für ihn sorgte als seine ganze akademische Weltbildung.

Sein Blick fiel auf die halbvolle Flasche Tullamore Dew. Eigentlich nicht schlecht, das Zeug. Er schenkte sich ein und füllte mit 7-Up auf. Er trank und versuchte sich an die Beschwörungsformel der Sioux zu erinnern, mit der man Unheil auf einen Feind herabrief. Er konnte sie beinahe, bis er den Whiskey getrunken hatte.

Verschwitzt und klebrig. Noch einmal duschen. Während er unterwegs die Kleidungsstücke wegwarf, wurde ihm klar, daß es zu anstrengend war, zu stehen, also füllte er noch einmal die Wanne. Er sang immer noch, als die Tür aufging. *Guter Gott, jetzt habe ich Flaherty aufgeweckt!*

Aber es war Pamela. Verspätet fiel Rudolf ein, was für einen Kitzel es ihr verschaffte, wenn sie Indianer bei solchen Gesängen beobachtete. Er hätte gerne gesagt: »Jetzt, wo du auf bist, zieh ab!« Aber irgendein Winkel seines Gehirns sagte immer wieder: »Schau, sie zieht sich aus!«

»Wie bist du hergekommen?« fragte er.

Pamela St. Audrey gehörte zu den Rothaarigen, die gewöhnlich die Innenseiten von teuren Herrenmagazinen bevölkern. Rudolf betrachtete ihre passende, rosig-spitze Garnitur Brüste und wußte, daß er dieses hinterlistige Weibsstück eigentlich hochkantig hätte hinauswerfen sollen. Aber eine ältere Drüsenweisheit schlug vorher etwas anderes vor.

»Liebling, ich hab' es dir doch gesagt. Der Lamborghini steht hinter dem Haus.« Pamela setzte sich in der Wanne im Reitsitz auf ihn. Rudolf spürte, daß er sich der Lage gewachsen zeigte.

»Wie hast du uns gefunden?«

»Rudy, du bist einfach *verschwunden.* Ich war außer mir. Ich habe Papa dazu gebracht, einen Detektiv zu beauftragen.« Sie beugte sich vor. Rudolf hob den Kopf, um ihre Brust zu küssen. Dann fiel ihm der Dreck im Lippenstift ein.

Früher, in der guten, alten Zeit, war gelegentlich ein Kuß so ziemlich alles gewesen. Selbst Pamelas Küsse hatten sich auf das Schickliche beschränkt, vor allem mit Rücksicht auf die Frisur. Was würde aus ihrer komplizierten Frisur in diesem Dampf werden?

Sie hatte ihn also gesucht.

»Hast ja eine Weile gebraucht«, meinte Rudolf.

Samtiges rieb sich an ihm. Er vergrub sein Gesicht in nassen Brüsten. Mensch, warum hatte er das letzte Glas noch getrunken? Er blinzelte und entdeckte, daß Pamela von Natur aus rothaarig war. Sommersprossen an den seltsamsten Stellen.

»Carpe diem«, murmelte er und zog mit dem Fuß den Stöpsel heraus.

»Was?«

»Ciceronisch-Sioux für ›Hol's dir, solange du kannst‹.«

Pamela wand sich meermädchenhaft, und Rudolf erwuchs ein Griff, an dem sie ihn aus der Wanne zog. Sie waren in ein zeltgroßes Badetuch verwickelt, bevor ihm die Frage einfiel: »Hieß er vielleicht zufällig Riordan?«

»Was? Ach so, der Detektiv. Keine Ahnung.«

Rudolfs Beine hatten sich im Badetuch verfangen. Er stolperte zurück in sein Zimmer, und Pamela landete wuchtiger auf ihm, als von einem so zerbrechlichen Wesen zu vermuten gewesen war. Schließlich stieß er das Badetuch weg.

»Was ist an einer alten Kiesgrube so interessant?« fragte er.

»Schätzchen!« erklärte Pamela.

Rudolf fand, daß die Sache der Klärung bedurfte, aber die Dinge spitzten sich zu. Sie ritten eine Weile im leichten Galopp, ohne mehr als dreißig Zentimeter zurückzulegen. Rudolf war wieder in der Cocktailparty-Runde.

Als er am nächsten Morgen erwachte, wußte Rudolf, daß er seinen Samen in Pamelas wohlgeformten Garten gesät hatte. Warum war er nicht glücklich? Langsam erinnerte er sich an das Kreuzverhör, dem er Pamela zwischendurch unterzogen hatte. War er betrunken gewesen! Und Pamela? Würde sie sich erinnern? War sie überhaupt noch hier? Hatte er ihr wirklich gesagt, egal, wie interessant ihre Sommersprossen auch verteilt sein mochten, am kommenden Morgen flöge sie hinaus?

Rudolf spürte den Vorläufer eines Kopfschmerzs, der mörderisch zu werden versprach Er öffnete ganz vorsichtig die Augen, halb in der Hoffnung, Pamela möge verschwunden sein.

Sie saß nackt neben ihm und rauchte. Pamela brauchte tatsächlich keine Kleidung. Sie trug wieder die Rüstung ihrer permanenten Superkühle. Rudolf öffnete die Augen weiter, und der Schmerz war so peinigend, daß er ächzte.

»Ja?«

Rudolf konnte die Eiszapfen spüren.

»Schau«, begann er, »es tut mir leid. Ich war betrunken. Ich wußte nicht, was ich tat.« Durch einander abwechselnde Wellen von Reue und Übelkeit nahm Rudolf plötzlich eine Familienähnlichkeit zwischen Pamela und ihrem Vater wahr. Seltsam, daß ihm diese stocksteife Haltung vorher nie aufgefallen war. »Ich weiß! Ich habe die Situation ausgenützt. Ich werde –« Rudolf kletterte aus dem Bett und wehrte sich gegen einen neuerlichen Reueanfall. Er wankte ins Badezimmer und stellte sich seinem Spiegelbild im Wasser der WC-Schlüssel.

Als er geduscht und sich die Zähne geputzt hatte, saß Pamela noch immer durch ihre grenzenlose Kühle von der Welt isoliert da, ohne zu versuchen, zwei sprungschanzenförmige Vorsprünge zu verdecken.

»Tut mir leid«, sagte Rudolf. »Ich dachte, du bist schon –«

»Du könntest zum Lamborghini hinuntergehen und meine Reisetasche holen.«

Als er wieder hinaufstapfte, hörte er die Dusche. Er ließ die Reisetasche auf seinem Bett stehen und ging traurig hinunter, um nachzusehen, ob irgend etwas ihn von Kopfschmerzen und Reue heilen konnte. Wie hatte er Pamela so behandeln können, nachdem er sie doch sonst immer von weitem angebetet hatte?

Er hörte ein: »Uh, Verzeihung«, als Flaherty gemächlich aus dem Bad zurückwich. »Verzeihung, daß ich nicht dreißig Jahre jünger bin«, verbesserte sich der Ire, als er hinunterstolperte. »Na, Freund, ich hoffe, Sie haben sich amüsiert.«

Rudolf ächzte wieder.

»Na, so schlimm ist es nie.« Flaherty schaltete den Fernsehapparat ein und drehte den Ton einer Familiensendung ab.

»Woher wollen Sie das wissen?« *Ruiniert* war ja ein so altmodischer Ausdruck, aber der einzige, der Rudolf einfiel. Nicht Pamela, dachte er. Aber er hatte ganz gewiß seine eigenen Aussichten ruiniert, jemals wieder seinen Samen in diesen herrlichen Garten zu pflanzen.

Flaherty fand eine neue Flasche.

»Nein!« stöhnte Rudolf. Würde er auch noch auf einen betrunkenen Flaherty aufpassen müssen? Er wollte aufstehen, aber sein Schädel pulsierte mit solcher Heftigkeit, daß er sich wieder hinsetzen mußte. Als er den Kopf hob, stellte Flaherty ein Glas vor ihn hin. Die Familiensendung ging zu Ende, und die Nachrichten kamen. Flaherty stellte das Gerät lauter.

Das Getränk schmeckte nach Whisky, Tomatensaft und Tabasco. Rudolf fühlte sich auf der Stelle wohler. Pamela tauchte kurz oben an der Treppe auf.

»Guten Morgen allerseits«, sagte sie. »Ich komme gleich herunter.«

Rudolf entdeckte, daß er schon wieder betrunken war.

»Um welche Tageszeit ist sie hier angekommen?« fragte er.

»Gegen Mittag.«

»Hat sie den ganzen Nachmittag herumspioniert?«

»Sagen Sie mal, warum seid ihr Indianer eigentlich so argwöhnisch?«

»Das machen fünfhundert Jahre Umgang mit den Europäern. Würden Sie bitte für eine Weile das Saufen einstellen?« Er berichtete Flaherty von dem schlammgefüllten Lippenstift.

»Sie ist ein paarmal hingefallen.«

»So nachsichtig sind Sie nicht gewesen, als Riordan sich die Füße an unserem Teppich abgewischt hat.«

»Mein lieber Junge, Sie wissen gar nicht, ob Ihre Freundin wirklich spioniert. Und selbst wenn, was macht das aus?«

Es machte sehr viel aus, was seine Beziehung zu Pamela anging. Warum mußte Flaherty so aufreizend fröhlich sein? Selbst Pamelas Morgengruß war viel zu heiter.

Flaherty schob ihm eine Tasse Kaffee hin.

»Prima Wochenende zur Erholung.« Er deutete auf den Bildschirm, wo ein Mann vor einer Wetterkarte soeben sagte: ». . . wieder ein sengender Tag in Aussicht. Die Bezirks-Umweltverschmutzungs-Überwachung hat erneut alle offenen Feuer verboten.« Der Wettermann verschwand, und ein anderer Sprecher sagte: »Inzwischen kommt das rätselhafte U-Boot weiter flußabwärts und verschafft schläfrigen Städtchen zum erstenmal Aufregung, seitdem das Nachtboot nach Albany seine Fahrten eingestellt hat. Tausende von sterbenden Fischen . . .« Flaherty schaltete ab.

»Wie kommen wir nach Northumber? Ich mußte den Wagen im Stich lassen.«

Flaherty überlegte.

»Wir könnten den Laster nehmen.«

Rudolf lachte bitter bei dem Gedanken, mit einem Kipper im super-eleganten Zentrum der Partyrunde anzukommen. Dann entschied er, daß das genau die Masche war, mit der er sich eine Stufe über die anderen erheben konnte. Er hatte sich den Kopf darüber zerbrochen, was er anziehen sollte. Die konnten ihn mal! Her mit der verdreckten Kleidung, in der er Geld gemacht hatte. Sein glücklicher Traum von einem snobistischen Großerfolg wurde durch einen Vibratoschrei unterbrochen. Schließlich begriff Rudolf, daß das Pamela war.

Als er hinaufkam und die Badezimmertür aufriß, stand Pamela mit unelegant herabhängender Strumpfhose mitten im Bad. Sie kreischte immer noch.

Flaherty platzte herein. Er legte den Arm um sie und gab den ununterbrochenen Strom von irischem Geschwätz von sich, mit dem die Iren Frauen und Pferde beruhigen. Schließlich brachte er sie hinunter in die Küche und dazu, Whisky zu trinken.

»Es ist einfach raufgekommen und hat mich berührt!« sagte sie immer wieder.

»Sie meinen die – äh. Die sanitären Anlagen sind alt. Manchmal quillt etwas rauf«, sagte Flaherty beruhigend.

»Es war kein Wasser«, heulte Pamela. »Es war klebrig und schleimig. Es kam aus der Schüssel herauf wie ein –« Sie schauderte und trank.

»Na, na«, sagte Flaherty. »Sie haben eine schlimme Nacht hinter sich. Ich sehe auch manchmal Erscheinungen.«

»Sie besoffener Kerl!« kreischte Pamela. »Ich bin keine Alkoholikerin. Es war *da!* Ich habe es *gesehen*!«

Flaherty sah Rudolf an. Rudolf hetzte hinauf und schloß die Badezimmertür.

»Tuchi!« zischte er. »Was, zum Teufel, machst du hier?«

6

Keine Antwort. Das Wasser in der Schüssel blieb unbewegt. Rudolf fuhr mit einer langstieligen Bürste hinein und entschied, daß das wirklich Wasser war. Es war bekannt, daß die Rohrleitungen in diesem Haus ab und zu ein beunruhigendes Rülpsen von sich gaben. Vielleicht war Pamela nach der vergangenen Nacht überreizt gewesen. Schließlich war sie eine empfindsame, sensible Person.

Obwohl Flaherty den Löwenanteil übernahm, dauerte es eine halbe Stunde, um sie zu überzeugen, daß sie sich das Ganze nur eingebildet hatte. Als sie frühstückten, war Pamela beinahe heiter, dank weiterer Dosen irischen Beruhigungsmittels. Flaherty sah Rudolf an.

»War ganz bestimmt nichts oben?« flüsterte er.

Rudolf schüttelte den Kopf.

Als die erste Erwähnung des Kipplasters die ganze Wirkung von Flahertys Beschwichtigung zunichte zu machen drohte, kapitulierte Rudolf. Sie zwängten sich in den orientalisch-roten Lamborghini, eine nachdenkliche und etwas narkotisierte Pamela in der Mitte.

Auf halbem Weg erholte sie sich so weit, daß sie den Kassettenrekorder einschalten konnte. Ein monotoner Sprechgesang in einer Sprache, die Rudolf nicht erkannte, untermalt von Trommelschlägen. Mohawk? Guter Gott, als hätte er nicht genug Eulengeschrei im Reservat gehört! Er erduldete es eine Minute, dann brüllte er einen Kriegsruf und Bruchstücke aus dem Bannfluch für Feinde. Pamela schreckte aus ihrer Lethargie hoch.

»Er singt falsch!« sagte Rudolf. »Das halten meine Ohren nicht aus!«

Beeindruckt von derart esoterischer Empfindlichkeit, drückte Pamela eine Taste, und statt der Bandaufnahme waren Nachrichten zu hören.

»... Tausende von toten Neunaugen und Rundmäulern, während das unbekannte Gift sich der Hudsonmündung nähert, begleitet von hartnäckigen Gerüchten. U-Boot? Ein Wesen vom Mars? Einig sind sich die Zeugen nur darin, daß das Fischsterben von geheimnisvollen Detonationen und Blitzen begleitet wird.«

Pamela schaltete ab.

Rudolf fand die Ausfahrt und wechselte auf eine andere Autobahn, starrte in den Rückspiegel und fragte sich, ob das nur seine paranoische Einbildung war oder ob der blaue VW ihm wirklich folgte?

»Was ist ein Rundmaul?« fragte er.

Flaherty fuhr aus seiner Betrachtung der Szenerie hoch.

»Cyclostoma«, sagte er. »Verwandt mit den Neunaugen.«

»Danke für die Aufklärung.«

Flaherty lachte.

»Das Rundmaul wartet, bis ein großer Fisch am Haken ist und sich nicht rühren kann.«

»Ich glaube nicht, daß ich das hören will«, sagte Pamela.

»Schleimige kleine Kerle«, fuhr Flaherty fort. »Fühler um die Mäuler. Wenn man einen Hai aufschneidet, ist er hohl, voll ertrunkener Rundmäuler. Sie kriechen durch die Analöffnung.«

Pamela starrte mit zusammengepreßten weißen Lippen vor sich hin.

»Ichthyologe sind Sie auch?« meinte Rudolf.

»Nein. Ich war Fischer.«

Sie erreichten Northumber. Die fürstliche Pracht des St.-Audrey-Landsitzes war ein Gemisch von englischem Mittelalter und Hollywood-Stummfilmzeit. Rudolf hatte nie auseinanderhalten können, was nun eigentlich was war, aber beeindruckt war er immer. Sie fuhren an einem Pförtnerhaus vorbei eine gewundene Auffahrt hinauf und wurden von einem riesigen Butler begrüßt. Er grinste und dienerte, als habe er nie von Black Power gehört.

Im Salon sah Rudolf die Cocktail-Persönlichkeiten noch immer über Theologie diskutieren, nämlich darüber, wie viele Klienten auf dem nadelspitzen Kopf eines Sachbearbeiters tanzen konnten. Eine gutgebaute junge Frau, die entfernt wie ein Dienstmädchen gekleidet war, bot ihm von einem Tablett etwas zu trinken an. Mein Gott, dachte Rudolf, es ist erst Mittag! Aus dem Augenwinkel sah er, wie Flaherty sich ein Glas geben ließ. Rudolf trank einen kleinen Schluck aus dem seinen und beschloß, es den Rest des Tages mit sich herumzutragen. Irgend jemand mußte auf den verrückten Iren aufpassen.

Er schaute sich nach einem freundlichen Gesicht um. Da waren Leute, die er kannte, aber niemand schien ihn zu kennen. Auf einmal schlug ihm jemand auf die Schulter.

»Hallo, in letzter Zeit sieht man Sie ja gar nicht mehr!«

Es war ein langhaariger Mann in sehr teurer, hochmoderner Kleidung, die nicht ganz verbergen konnte, daß er zu alt war, um sie zu tragen. Rudolf erinnerte sich undeutlich, daß er mit den Medien zu tun hatte. Das schwarzhaarige, ein wenig indianisch aussehende Mädchen neben ihm fand er viel interessanter als die einstudierte Eleganz des langhaarigen Mannes.

»Ich war beschäftigt«, sagte Rudolf und ließ den Blick zu dem Mädchen zurückkehren.

»Das ist fein.« Langhaar lächelte, während seine Augen auf der Suche nach wichtigerer Beute nervös umherzuckten. »Was haben Sie denn gemacht?«

»Beilmord«, sagte Rudolf. Als eine Reaktion ausblieb, fuhr er fort: »Die Nörgelei meiner Frau ging mir auf die Nerven. Die Kinder fielen mir auf den Wecker, deshalb adoptierte ich eine Ziege und verlegte mich auf Tierzucht.«

Das schwarzhaarige Mädchen ließ die Spur eines Lächelns erkennen.

»Wirklich?« sagte Langhaar. »Klingt aufregend. Hoffentlich schaffen Sie eine Million Auflage.« Sie verloren sich aus den Augen, und Rudolf stand vor einer schmollenden, hühnerbrüstigen Frau, deren Perücke verrutscht war, so daß man eisengraues Haar hervorlugen sah.

»Uuuuuuuuuuh«, sagte sie, »Sie müssen der Indianer sein, von dem mir Pamela erzählt hat. Sagen Sie, ist es schwer, die Sitar zu spielen?«

»Keine Ahnung«, sagte Rudolf. »Ich bin kein Inder.«

»Sie sprechen sehr gut Englisch. Sind Sie schon lange hier?«

»Seit mehreren Generationen.«

»Das ist schön. Sind Sie geflogen oder mit dem Schiff gekommen?«

»Zu Fuß.«

»So?« Sie runzelte immer noch die Stirn, als eine Zigarre, gefolgt von einem Faß, Rudolfs Arm ergriff.

»Wollte schon den ganzen Tag mit Ihnen reden«, sagte das Faß.

»Bin eben erst gekommen.«

»Ich weiß, ich weiß. Was die Farbbeilage angeht, das schaffen wir spielend, aber die Innenseiten – Mann, wissen Sie, was so etwas kostet?«

»Machen Sie es, wie Sie wollen«, sagte Rudolf. »Ich verlasse mich da ganz auf Ihre Erfahrung.«

Auf der anderen Seite trat eine Gruppe kurz auseinander. Der Mohawk hob den Kopf und begegnete Rudolfs Blick. Er lächelte, und für einen Sekundenbruchteil sah Rudolf Kanarienvogelfedern zwischen den blitzenden Zähnen. Der Kreis schloß sich wieder, und Rudolf fragte sich, was der verdammte Mohawk hier zu suchen hatte. Er schaute sich nach Flaherty um. Der Ire ließ sich von dem Dienstmädchen den nächsten Cocktail geben. Sie gab sich Mühe, nicht zu kichern, während er in auffälliger Weise ihren Ausschnitt bewunderte.

Pamela war verschwunden. Flaherty hob den Kopf von seiner Besichtigung und erwiderte mit unergründlichem Ausdruck Rudolfs Blick. Rudolf fragte sich, wie betrunken er in Wirklichkeit war. Er hätte außerdem gern gewußt, was in der Kiesgrube vorging. Wenn Pamela und Riordan alle beide Bescheid wußten ...

Pamela tauchte oben an der weitgeschwungenen Freitreppe auf und sah in ihrem weißen Cocktailkleid so jungfräulich aus, daß es Rudolf schwerfiel, zu glauben, er habe sich gestern nacht mit dieser zerbrechlichen Blüte ergötzt. Es wurde still im Saal, als sich die Köpfe drehten. Jubel und Beifall wurden laut, als sie die Stufen heruntersteig. Ein Wesen königlichen Geblüts hätte es nicht besser machen können, dachte Rudolf.

»Rudy, Liebling!« Sie eilte durch den Saal auf ihn zu und küßte ihn. »Endlich habe ich ihn gefunden!« rief sie den Gaffenden zu.

Rudolf fragte sich, ob ein weißer Mann argwöhnisch gewesen wäre. Die dumpfe Reservatsmentalität trat wieder in den Vordergrund und versuchte zu erraten, was diese Halunken jetzt wohl von ihm wollten. Geld konnte es nicht sein. Sie hatten alle mehr als er. Aus dem Augenwinkel sah er den verdammten Mohawk, der jetzt ohne seine Anbeter war. Die Kanarienvogelfedern konnte man nicht mehr zwischen seinen Zähnen sehen. Die Zähne auch nicht.

Ein finster blickender, nicht dazupassender Mann im Pfeffer-und-Salz-Anzug, mit dem gehetzten Blick eines Buchprüfers im Filmatelier, wanderte herum, ohne mit irgendeinem Gast zu sprechen. Rudolf fragte sich, wo er ihn schon einmal gesehen hatte, sah dann, daß Flaherty erbost dreinschaute, und erinnerte sich. Es war der füßescharrende Detektiv, der sie aufgespürt hatte. Riordan!

Aber Pamela St. Audrey führte ihn im Triumphzug durch den Salon. Stumm dankte Rudolf den maßgeblichen Göttern dafür, daß sie die trunkene Inquisition der vergangenen Nacht vergessen zu haben schien. Sein Glas hatte er immer noch in der Hand und gedachte es bei Gelegenheit gegen ein leeres einzutauschen.

Der verdammte Mohawk gönnte Rudolf einen herzlichen Händedruck und ein un-raubtierhaftes Grinsen, als Pamela sie zusammenbrachte. Bevor Rudolf zu einem tödlichen Schlag ausholen konnte, hatte Pamela ihn zu einem Haufen tweedgekleideter Typen gezogen, die damit beschäftigt waren, ihre akademische Freiheit wiederzugewinnen.

»Sie gehören zur engagierten Generation«, sagte einer zu Rudolf. »Wie würden Sie den Krieg beenden?«

»Den Mekong eindämmen«, schlug Rudolf vor. »Wenn das Land bis zum Hals im Wasser steht, alle Eingeborenen wegschaffen, die für den Kapitalismus optieren. Eine Rohrleitung bauen, die vom Yukon soviel Wasser herleitet, daß aus Arizona ein Reisfeld wird.«

»Aber die Kakti?« rief ein Ökologe.

»Die versetzen Sie auf den Parkplatz von Boeing in Seattle.«

»Und die Indianer?«

»Tja«, sagte Rudolf seufzend, »bei jedem Krieg gibt es Verlierer.«

Pamela führte ihn zu einer geschlossenen Tür.

»Wohin gehen wir?«

Sie lächelte geheimnisvoll. Gemeinsam gingen sie durch einen Flur, und sie öffnete eine zweite Tür. Plötzlich begriff Rudolf, daß er in den sprichwörtlichen raucherfüllten Raum geschoben wurde.

»Was soll das, zum Teufel noch mal?« fragte er. Aber Pamela war schon verschwunden.

Der Raum besaß eine ganz einseitig ausgerichtete Atmosphäre. Jeder einzelne Mann hier strahlte Macht aus wie ein Miniatur-Atomreaktor. Im Gegensatz zu den Medien-Hanswursten draußen im Saal hatte Rudolf diese Männer noch nie gesehen. Dann begriff er, daß er einen davon kannte. Pamelas Vater lächelte ihn an.

»Wollte schon lange mal mit Ihnen reden«, sagte St. Audrey mit unverwässerter Wirkung seines Images als distinguierter Herr. Er wandte sich an die anderen und sagte: »Meine Herren, das ist Rudolf Redwolf, der junge Mann, von dem ich gesprochen habe.«

In einem Winkel von Rudolfs Gehirn lauerte die Erinnerung an einen Staubsaugervertreter, der das ganze Reservat abgegrast hatte, ohne sich davon stören zu lassen, daß es keinen Strom gab.

»Rauchen Sie eine Zigarre mit«, sagte Mr. St. Audrey gerade. Obwohl Rudolf monatelang in Northumber aus- und eingegangen war, handelte es sich hier um den ersten vollständigen Satz, den er von Pamelas Vater zu hören bekam. Der alte Herr hatte sich wenig Mühe gegeben, seine Verachtung für Pamelas liberale Freunde und Ideen zu verbergen.

Investmentbankier-Typen schüttelten eine von Rudolfs Händen. In der anderen hatte er einen Kognakschwenker, im Mund eine Zigarre. Mensch, dachte er, wenn ich weiß wäre, sähe ich aus wie L'il Abner.

»... eine neue Gesellschaft auf die Beine stellen«, erklärte St. Audrey. »Wir brauchen Sie.«

»Wozu?«

St. Audrey lachte.

»Habe ich nicht gesagt, daß er auf Draht ist?« sagte er bewundernd. »Um es ganz offen zu sagen, wir brauchen einen Indianer.«

»Vorne im Saal steht einer.«

St. Audrey lachte wieder.

»Der hat gerade genug Hirn, daß er vor einem Zigarrenladen stehen kann«, meinte er. »Ich kann genauso offen sein wie Sie. Wenn wir schon einen Renommierindianer bekommen, hätte ich lieber einen, der weiß, wann er seinen Schirm aufspannen muß. Der scheidet aus.«

Rudolf lachte.

»Könnte keinem Netteren passieren. Aber was für eine Gesellschaft soll das sein? Wozu brauchen Sie einen Indianer? Und warum mich?«

St. Audrey schloß die Faust.

»Hoch- und Tiefbau.« Er streckte einen Finger aus. »Ein Mann, der mit einer vorwiegend indianischen Gewerkschaft von Bauarbeitern für überhohe Gebäude verhandelt.« Er streckte einen zweiten Finger gerade. »Sie haben über die Irokesen geschrieben, die den Großteil der Gewerkschaft ausmachen, und meine Tochter meint, Sie wüßten, wovon Sie schreiben.« Er streckte den dritten Finger aus.

»Wird diese Firma eigens gegründet, um Material für das neue Gebäude zu liefern, das Sie errichten?« fragte Rudolf.

»Richtig, mein Sohn.«

Schon in die Familie aufgenommen, dachte Rudolf.

»Was für eine Beteiligung bieten Sie?«

»Volle Teilhaberschaft«, sagte St. Audrey.

»Wie viele Partner?«

»Wir sind –äh – acht, Sie mitgerechnet.«

»Wieviel bringt jeder Teilhaber ein?«

St. Audrey lächelte.

»Die exakten Zahlen könnten Sie von meinem Finanzchef erfahren.«

»Wie wäre es mit einer nicht exakten Zahl?«

»Etwa eine Million pro Person.«

»Und ich bin gleichberechtigter Teilhaber, ohne etwas einzubringen?«

»Tja, äh, natürlich setzen wir voraus, daß auch Sie etwas mitbringen. Eine Zuteilung künftiger Gewinne soll die juristische Seite klären.«

Zwischen dem Duft von Zigarren und Kognak nahm Rudolf etwas wahr, das faul roch.

»Ihr Gebäude wird mit Aluminiumträgern gebaut, statt mit stählernen. Soll ich die Eisenskelett-Arbeiter-Gewerkschaft nun heranziehen oder hinausdrängen?«

Es gab ein verblüfftes Räuspern, während Rudolf tief einatmete.

»Oder soll die ganze Vorstellung nur dazu dienen, mir die Rechte auf ein Verfahren abzuluchsen, die jemand nicht hat stehlen können?« fuhr er fort.

»Seht ihr!« gluckste St. Audrey. »Ich sagte ja, daß er einen Kopf mit sich herumträgt.«

Rudolf hatte gute Lust, St. Audreys Lächeln als Löschsand für seine Zigarre zu benützen. Diese glatthaarigen Halunken gaben es auch noch zu, lachten und grinsten, als sei es völlig angemessen, ihn seiner einzigen Chance, jemals reich zu werden, zu berauben. General Custer mußte ein Lächeln wie St. Audrey gehabt haben, entschied er.

Rudolf fragte sich, wo das Klischee von den Pokergesichtern der Indianer erstmals aufgekommen war. Er konnte seine Verachtung für diese Horde demaskierter Piraten nicht verbergen. Die Mordlust flutete in ihm empor, bis er kein Wort mehr herausbrachte.

St. Audrey klopfte ihm auf die Schulter.

»Wir haben ein Glücksspiel riskiert und verloren«, sagte er.

Rudolf atmete tief ein, zählte bis Zehn und versuchte an etwas Schönes zu denken. Das einzige, was ihm einfiel, war die ideal konstruierte Kurve von Pamelas Gesäß.

»Hat Ihre Tochter gewußt, warum sie mich hierhergeführt hat?« fragte er.

St. Audrey lachte.

»Pamela hat keinen Sinn fürs Geschäft. Wahrscheinlich nimmt sie an, daß es sich um das übliche Schwiegervater-Schwiegersohn-Verhör handelt.«

Vor einem ganzen Haufen von Bankiers? In Rudolfs Hirn schrillten die Alarmglocken. Eine Ehe mit Pamela! Er versuchte normal weiterzusprechen.

»Warum sollte ich in Ihr Unternehmen eintreten?«

Ein fast Kahlköpfiger mit Bernard-Baruch-Zwicker räusperte sich.

»Es gibt da rechtliche Gesichtspunkte, die Sie vielleicht nicht berücksichtigt haben«, brummte er. »Doktor Flaherty steht unter Vertrag. Alles, was er entdeckt, gehört rechtlich uns.«

»Sie können gern alles behalten, was Doktor Flaherty entdeckt.«

»Na, hören Sie«, sagte St. Audrey lachend. »Sie erwarten doch wohl nicht, daß wir glauben, es handle sich um Ihre Entdeckung!«

Rudolf grinste zurück.

»Entführen Sie den lieben Doktor«, sagte er. »Sperren Sie ihn mit Wahrheitsseren und Elektronenmikroskopen ein. Schütten Sie ein paar Millionen in die Grube. Dabei können Sie eine weitere Suchaktion veranstalten und auch gleich feststellen, ob ich so dumm gewesen bin, Patente zu beantragen. Wenn Sie von der vollen Erkenntnis ausgehen, daß dieser Indianer Erfahrungen mit den Papieren des weißen Mannes hat, dann nennen Sie mir einen einzigen Grund, warum er seine private Glücksquelle mit Dieben und Räubern teilen sollte.«

»Ich habe euch doch gesagt, daß er ein kluger Bursche ist«, strahlte St. Audrey. Es hörte sich beinahe so an, als stehe er auf Rudolfs Seite. Man paffte an Zigarren und schüttelte die Hängebacken. Schließlich unterbrach St. Audrey die Debatte. »Der Hauptgrund, warum Sie zu uns kommen sollten, ist Ihr Eigeninteresse«, sagte er. »Wir könnten wechselseitig zerstörerische Spiele mit Klagen und Widerklagen treiben, das jahrelang durch die Gerichte schleppen, und die einzigen, die etwas davon hätten, wären die Rechtsanwälte. Ich bin dafür, daß wir uns das ersparen. Nicht nur deshalb, weil beide Seiten dabei verlieren, sondern weil die dritte Seite, die davon profitieren würde, vielleicht nicht die Interessen des Landes wahren möchte.«

»Ersparen Sie mir die rote Gefahr«, sagte Rudolf. »Ich habe genug damit zu tun, mich gegen die gottlosen Kapitalisten zu wehren.«

»Wir kämpfen doch gar nicht«, protestierte St. Audrey. »Wir fordern Sie auf, uns beizutreten. Nennen Sie Ihren Preis.«

»Im Austausch wofür?«

»Für Schutz. Dem Staat könnte es beispielsweise einfallen, von Sicherheit zu reden. Wenn Sie Horrorgeschichten hören wollen, dann erkundigen Sie sich, wieviel Einstein und Oppenheimer mit der Atomkraft verdient haben. Machen Sie auf eigene Faust weiter, und Sie landen schließlich im Abseits und sehen uns oder viel rücksichtsloseren Leuten zu, die das ausgeben, was Sie hätten verdienen können.«

»Ist das nicht genau das, was Sie mit mir machen wollten?«

»Nicht direkt«, ewiderte St. Audrey. »Wir haben Doktor Flaherty finanziert. Glauben Sie nicht, daß wir Anspruch auf eine Gegenleistung haben?«

»Mich haben Sie nicht finanziert.«

»Und Sie haben uns auch nicht gesagt, daß das Ihre Entdeckung war.«

Rudolf begriff plötzlich, daß die Meinung der Piraten auch etwas für sich hatte.

»Angenommen, ich mache mit.«

»Volle Partnerschaft, voller Gewinnanteil.«

»Wer entscheidet?«

»Eine Stimmenmehrheit, versteht sich.«

»Sieben gegen eine?«

St. Audrey bewegte unbehaglich die Schultern.

»So könnte man es audrücken.«

»Ich möchte es anders ausdrücken. Wie wäre es mit einer Aktiengesellschaft statt einer offenen Handelsgesellschaft? Sagen wir, einundfünfzig Prozent der Aktien für den Mann, dessen Verfahren das Ganze überhaupt erst ermöglicht?«

»Ich sagte doch, er ist auf Draht!« Diesmal klang St. Audreys Stimme nicht so glücklich.

Die Tür ging auf, und Flaherty stand eulenhaft blinzelnd auf der Schwelle.

»Das ist eine private Runde!« fauchte der Mann mit dem Zwikker und versuchte die Tür zu schließen.

»So privat auch wieder nicht!« entgegnete Flaherty angriffslustig und drang ein. »Mein lieber Junge, was wollen Ihnen die

Wucherer hier abnehmen? Wenn Sie die Hose gleich ausziehen, spüren Sie auf dem Heimweg die Zugluft vielleicht nicht mehr so stark.«

»Ich weiß nicht recht«, sagte Rudolf. »Aber sie scheinen zu meinen, ich wäre für Ihre früheren Verpflichtungen verantwortlich.«

Für einen Betrunkenen begriff Flaherty überraschend schnell.

»Als ich wegging, mein lieber Junge, habe ich Labor und Unterlagen intakt zurückgelassen. Da die andere Seite gegen den Vertrag verstoßen hat, sehe ich keine juristischen oder moralischen Hindernisse –«

»Genug«, sagte St. Audrey. »Laßt die Toten ihre Toten begraben. Einer von Ihnen oder Sie beide besitzen eine wertvolle Entdekkung. Keiner von Ihnen hat Kapital. Formulieren Sie Ihren Vertrag selbst. Wenn er nicht zu unverschämt ist, unterschreiben wir.«

Rudolf sah Flaherty an.

»Sie haben mit diesen Leuten schon zu tun gehabt«, sagte er. »Wo ist dabei der Haken?«

Flaherty grinste trunken.

»Holen Sie mal eine Flitspritze voll Weihwasser, um zu sehen, wie viele sich in Asche verwandeln.«

Rudolf sah ein, daß er ohne Hilfe des verrückten Iren auskommen mußte. Was war an einem solchen Angebot nun faul? Es war doch gewiß so unumstößlich wie – wie nur irgendein mit einem Indianer geschlossener Vertrag. Aber Flaherty war nicht aufzuhalten.

»Was kaufen denn Euer Ehrwürden alles für die goldenen Versprechungen?« fragte er.

Der Zwickerträger, der die Tür hatte schließen wollen, blähte sich mächtig auf. Rudolf räusperte sich und schoß einen Blick auf ihn ab, der ihn zusammensinken ließ. Einen Augenblick schnatterte alles durcheinander, dann griff St. Audrey wieder ein.

»Sie haben ein Verfahren. Wir wollen es kaufen.«

»Ah, ja«, sagte Flaherty. »Sie wollen es kaufen.« Er hob den Kopf. »Saubere, hydroelektrische Energie ist nur begrenzt verfügbar.« Er sprach jetzt ganz deutlich, ohne jede Spur von Trunkenheit. »Da alle verfügbaren Flüsse reguliert sind, müssen künftige Bedürfnisse mit Atom- oder Erdölenergie befriedigt werden, die beide die Umwelt verschmutzen.« Er machte eine Pause und starrte unter buschigen Brauen hervor. Rudolf fragte sich, warum keiner von St. Audreys goldener Horde darauf erpicht war, den Blick des

Iren zu erwidern. »Da die Zivilisation von Stahl auf Aluminium übergeht, würde ein Verfahren, letzteres ohne Strom und ohne giftige Gase zu gewinnen, für die Menschheit von unermeßlichem Nutzen sein, nicht wahr?« Der Alkoholnebel schien sich wieder über Flaherty zu senken. Er verstummte nach seiner rhetorischen Frage und starrte St. Audreys Leute an, bis er jedem ein widerwilliges ›Ja‹ abgezwungen hatte. »Wir sind nun alle edelgesinnte Gentlemen, die selbstlos für das Wohl der Menschheit und die Zukunft des Planeten tätig sind. Gewiß, und es ist auch nichts dabei, wenn unterwegs Gewinn gemacht wird. Man soll dem Ochsen das Maul nicht verbinden, wie?«

Es gab ein Gewirr erfreuter Laute. Rudolf wurde von Minute zu Minute verwirrter.

»Also«, fuhr Flaherty fort, »wenn wir den Vertrag aufsetzen, nehmen wir die üblichen Verzugs- und Strafklauseln, nur für den Fall, daß das Verfahren in, sagen wir, neunzig Tagen nicht mit Volldampf läuft, ja?« Er schaute sich mit so seelenvoll-zutraulichem Blick um, daß Rudolf nicht begreifen konnte, warum niemand ihn ansehen wollte. Er sah nach, ob er seine Hose noch anhatte.

»An was für eine Strafklausel haben Sie da gedacht?« fragte St. Audrey.

Flaherty überlegte kurz.

»Was, würden Sie sagen, könnte uns das Verfahren – mir und dem lieben Jungen hier – in den nächsten zwanzig Jahren einbringen?«

St. Audrey sah für jemand, der über potentielle Gewinne sprach, bemerkenswert grün aus.

»Schwer zu sagen«, wich er aus. »Inflation, so viele Faktoren.«

»Ganz grob gesprochen«, drängte Flaherty.

»Eine Milliarde, vielleicht.«

Rudolf glaubte sich verhört zu haben. Dann schien es ihm, als müsse er ohnmächtig werden. Wenn eine Million tausend mal tausend war und eine Milliarde tausend mal eine Million – hatte irgend jemand außer den Staaten wirklich so viel Geld? Er wollte es packen und weglaufen, aber Flaherty ... War der Ire völlig übergeschnappt? Der viele Alkohol über die Jahre, vielleicht ... Wie im Traum hörte Rudolf den Iren weitersprechen.

»Das ist natürlich nur eine Formalität, weil wir so schnell wie möglich mit der Produktion beginnen wollen. Aber nehmen wir nur einmal an, daß etwas schiefgeht und dem lieben Jungen hier die Früchte seiner ehrlichen Arbeit vorenthalten werden ... Setzen wir eine Strafklausel ein, die eine Zahlung von fünfhundert Millionen in bar oder in verfügbaren Wertpapieren vorsieht, wenn unsere neue Aktiengesellschaft nicht binnen neunzig Tagen Aluminium produziert und dem lieben Jungen da monatlich eine Million ausbezahlt?«

Das Schweigen war gletscherkalt. St. Audrey betrachtete seine Kollegen, und man wechselte stumm Botschaften.

»Es dauert ja schon länger, die Fabrikpläne zu entwerfen«, klagte St. Audrey.

»Mit mir kann man reden«, sagte Flaherty. »Sagen wir sechs Monate.«

Das Schweigen hielt an.

Der wilde Ire sah Rudolf an und sagte: »Na, wir sind ja alle ehrenhafte Leute mit guten Absichten – nehmen wir ein Jahr.«

»Wären Sie mit einer Garantie für mindestens eine Million im Monat ab jetzt nicht genauso glücklich?« fragte St. Audrey.

Jede Faser von Rudolfs Ich hätte am liebsten geschrien: Ja! Ich nehme sie! Her mit dem Papier, ich unterschreibe! Aber Flahertys Blick warnte ihn. Rudolf rang um den Besitz seiner Seele. Flaherty war ein Trunkenbold. Flaherty war verrückt. Aber Flaherty hatte etwas im Sinn, was Rudolf nicht einmal zu erraten vermochte. Rudolf blickte die goldene Horde an. Keine rote Nase, kein geplatztes Äderchen war zu sehen. Würde einer von ihnen zwei Liter von seinem Blut verkaufen, um für Rudolf Kapital zu beschaffen? Wie in einem Alptraum hörte Rudolf sich sagen: »Ich verlasse mich voll und ganz auf das Urteil von Doktor Flaherty.«

Die Stille war eisig gewesen. Nun näherte sie sich dem absoluten Nullpunkt. Ein paar Augenblicke danach räusperte sich St. Audrey.

»Dann gibt es wohl nichts mehr zu sagen.«

Flaherty wirkte plötzlich wieder volltrunken. Rudolf legte den Arm um ihn, und sie verließen den Raum, hinter sich bösartig funkelnde, frustrierte Geldmacher.

»Rudy, Liebling!« Pamela hatte auf der Lauer gelegen. »Was hat Papa gesagt?«

»Lebwohl.«

»Was?« Pamelas Schock war ungekünstelt. »Aber, Rudy, ich habe mich so angestrengt, euch zusammenzubringen –«

»Das tut mir leid«, sagte Rudolf. »Doktor Flaherty fühlt sich nicht wohl. Könntest du uns ein Taxi rufen?«

»Aber ich – oh! Warum nehmt ihr nicht den Lamborghini?«

»Der ist mir zu kostbar«, sagte Rudolf. »Ich müßte ihn bloß wieder bringen.«

»Ich komme mit. Ich hole eine von den Limousinen, damit wir alle zusammen –«

Rudolf spürte, wie die dumpfe Reservatsmentalität sich wieder über ihn senkte. Er erinnerte sich an Pamelas ausgehöhlten Lippenstift und die Schlammprobe.

»Tut mir leid, Miss Capulet«, sagte er, »wir Montagues haben in diesen heil'gen Hallen nichts verloren.« Es würde schmerzhaft sein, Pamela St. Audrey aus seinem Leben zu streichen, aber Rudolf sah keine andere Möglichkeit. »Zeigen Sie mir nur das Telefon«, knurrte er. »Ich rufe mir selbst ein Taxi. Und wenn Papa weitere Spione schicken will, sagen Sie ihm, daß Unbefugte geschändet werden – genau wie die letzte.«

Auf dem ganzen Weg zum Bahnhof erinnerte Rudolf sich daran, wie Pamela St. Audreys Ausdruck sich von Verwirrung zu Empörung gewandelt hatte.

7

Flaherty war wirklich nicht mehr da. Rudolf versuchte ihm Kaffee einzuflößen, während sie am Busbahnhof warteten. Schließlich ließ er den Iren auf einer Bank im Wartesaal dösen. Der Bus wurde eingesetzt, und er mußte seinen schläfrigen Partner halb an Bord tragen. Auf halbem Weg nach Hause und zu einer unmenschlichen Stunde der Nacht erholte Flaherty sich so weit, daß er Whisky verlangen konnte.

»Ausgeschlossen«, sagte Rudolf. »Zuerst erklären Sie mir, warum ich nicht ab heute nachmittag eine Million im Monat kassiere!«

»Sie hätten akzeptieren können. Ich habe Ihnen nicht abgeraten.«

»Aber Sie ... ach, verdammter Mist! Ob mir vielleicht jemand erzählen möchte, was eigentlich vorgeht?«

»Standard Oil.«

»Was?«

»Haben Sie nie von dem Mann gehört, der etwas erfunden hat, so daß ein Auto mit Wasser betrieben werden kann?«

»Sie meinen den alten Quatsch von unterdrückten Erfindungen?«

»Wenn sie wirklich vorhatten, die Produktion aufzunehmen, warum waren sie dann mit einer Verzugsklausel nicht einverstanden?«

»Aber wieso denn?« klagte Rudolf. »Wir könnten alle Geld verdienen und die Welt verbessern, während wir das tun!«

»Sie verdienen schon Geld«, sagte Flaherty mit Betonung.

»Aber –«

»Sie haben sich schon zu weit ausgebreitet. Sie haben Verträge für Aluminium zum geltenden Preis abgeschlossen, und Sie erwarten, daß sie ein neues Verfahren einführen und sich selbst unterbieten?«

»Zu weit ausgebreitet? Woher wissen Sie solche Dinge?«

»Das steht in der Zeitung.«

»Nie gesehen.«

»Das steht auf der Seite mit dem Kleingedruckten. Wie alles andere in der Welt des weißen Mannes muß man auch lernen, eine Aktiennotierung zu lesen.«

Stumm rezitierte Rudolf den Unheil-für-den-Feind-Bannspruch zuungunsten des Professors, der ihn dazu überredet hatte, Philologie zu studieren. Warum hatte er nicht etwas gelernt, das ihm etwas einbringen würde?

Sie stiegen in einen anderen Bus um. Wozu, zum Teufel, fahre ich Omnibus? dachte Rudolf. Ich habe die Tasche voller Geld. Aber er sah ein, daß Busse genauso schnell waren wie alles andere, was er sich in der Nacht hätte beschaffen können. Schließlich saßen sie in einem klapprigen Kleinstadttaxi, um die letzten zwanzig Meilen nach Hause zu bewältigen. Flaherty fühlte sich besser; er war müde von der langen Fahrt, aber nicht so vom Durst geplagt.

»Da ist noch etwas mit der Million im Monat«, sagte er.

»Die Steuern?«

»Ich dachte eher an die zweite Unvermeidlichkeit.«

»An den Tod? Sie glauben doch wohl nicht, daß die uns umbringen würden!«

»Nicht, solange wir den Zauber haben und sie nicht«, murmelte Flaherty mit einem Blick auf den Fahrer vor der Trennscheibe.

»Aber sie sind Geschäftsleute, keine Gangster.«

»Gibt es da einen Unterschied?«

Es gab ein erstaunlich lautes Geräusch, und das Fenster auf Flahertys Seite splitterte nach innen. Der Ire war Rudolf zugewandt, so daß die Splitter nicht in seine Augen gingen, als das Geschoß durch das Taxi und bei Rudolfs Fenster hinausflog. Der Fahrer gab Gas.

»Gottverdammte Sonntagsjäger!« brüllte er. »Keiner hat ein Hirn im Schädel.«

Rudolf streifte Glas von seiner Brust. Noch nie war auf ihn geschossen worden. Er entschied, daß es ihm nicht gefiel.

»Jäger?« sagte er. »Ich dachte, im Dunkeln darf man nicht jagen.«

»Stimmt«, sagte der Fahrer durch das Gitter. »Die sind nur zu früh dran. In zehn Minuten wird es hell.«

Rudolf sah Flaherty an, der die Achseln zuckte. Rudolf begriff plötzlich, daß er den Rest seines Lebens zubringen würde, ohne jemals zu erfahren, ob es unvorsichtige Jäger gewesen waren oder ...

Das Haus war so säuberlich durchsucht worden, daß Rudolf es kaum glauben wollte, aber die Gesamtsumme der nicht wieder genau an ihren vorherigen Platz gestellten Gegenstände überzeugte ihn schließlich.

»Wir müssen zur Kiesgrube«, sagte er.

»Vorher braten wir Kartoffeln und Speck.«

»Aber sie könnten etwas Wichtiges mitgenommen haben!«

»Wichtig ist nur eines. Wenn ich bedenke, wie wir uns auf dieses eine kleine Gerät verlassen, halte ich es für an der Zeit, mich wieder an die Arbeit zu machen.«

»Woran?«

»Angenommen, es wird gestohlen – oder funktioniert nicht mehr?«

»Was brauchen Sie?«

»Ein Transmissions-Mikroskop.«

»Wir haben jetzt Geld. Gehen Sie hin und kaufen Sie eins.«

Flaherty lachte.

»Mein lieber Junge, ein Transmissions-Elektronenmikroskop füllt ein ziemlich großes Zimmer aus und kostet ein Drittel der Staatsschuld.«

Rudolf begann Kartoffeln zu schälen.

»Was tun wir dann?«

Flaherty legte Speck in die Pfanne.

»Ich habe da meinen Verdacht über die Natur des Problems«, meinte er. »Ich kann eine Weile mit einem optischen Mikroskop operieren, aber früher oder später muß ich in ein Chromosom hinein.«

Sie frühstückten düster und versuchten einer ganzen Nacht in Bussen mit Übermengen Kaffee entgegenzuwirken.

»Wer, glauben Sie, hat auf uns geschossen?« fragte Rudolf.

Flaherty zuckte die Achseln.

»Man muß abwarten, ob sich das wiederholt.«

Rudolf fand das unerfreulich.

»Wollte man uns umbringen oder nur erschrecken?«

Flaherty zuckte zum zweitenmal die Achseln.

»Wie jeder Ire stamme ich nur von Königen ab, Sie jedoch von mächtigen Jägern. Was könnten Sie aus der Entfernung treffen, im Dunkeln, das sich noch dazu schnell bewegt? Wissen Sie«, fügte er hinzu, »im Haus liegt allerhand Geld lose herum. Angerührt hat der Durchsucher nichts, aber jetzt weiß jemand –«

»Aber eine Bank –«

»St. Audreys goldene Horde könnte uns in so vieler Hinsicht einschnüren . . .«

Rudolf überlegte.

»Reiseschecks?«

Flaherty lächelte. Sie gingen durch das Haus und sammelten Geldscheine ein. Während ihrer Abwesenheit waren die übrigen Umschläge auch noch zugestellt worden.

»Wir müssen zur Kiesgrube«, sagte Rudolf. »Dahin habe ich auch welche geschickt.«

»Ja. Es wird ohnehin Zeit, daß wir uns wieder an die Arbeit machen.«

Sie gingen hinaus zum Lastwagen, und Rudolf riß eine der Türen auf. Auf den Sitzen lag ausgestreckt ein Mann, eine Pistole in der Hand. Zuerst glaubte Rudolf, er sei tot. Dann bewegte sich die Mündung und zielte direkt auf sie.

Der Mann richtete sich auf und stieg aus. Gemächlich, eine Hand in der Tasche, trieb er sie zurück in die Küche.

»Das Geld war die ganze Zeit hier«, murrte Rudolf. »Warum haben Sie es nicht einfach genommen und sind abgehauen?« Der Pistolenmann kam ihm irgendwie bekannt vor. Rudolf versuchte sich zu erinnern, wo er ihn schon einmal gesehen hatte.

»Hier muß man sich ja anstellen«, sagte der Bandit. »Außerdem wollte ich Sie sowieso sprechen.«

Plötzlich erkannte ihn Rudolf.

»Sie sind einer von den Langhaarigen, denen ich den Wagen gegeben habe!«

»Es ist nicht mehr lang.«

»Was ist passiert?«

»Ein Provinzsheriff hat uns eine Woche lang festgehalten, während ein Haufen von außerhalb uns durch die Mangel drehte.«

Das Spülbecken lief wieder einmal über, und auf dem ganzen Boden bildeten sich Pfützen.

»Was, zum Teufel –?« begann Rudolf.

Der Bandit winkte sie auf die Seite und schloß die Tür. Während Rudolf die Augen aufriß, trat er in die Pfütze und rutschte aus. Seine bewaffnete Hand ruderte wild. Ein Schuß löste sich. Die Pistole rutschte auf dem Boden dahin und knallte noch einmal. Rudolf rechnete damit, für alle Zeiten taub sein zu müssen. Der Bandit saß mitten auf dem Boden, entsetzt und blaß.

»Mensch!« sagte er. »Da kann man sich ja ganz schön wehtun!«

Flaherty hob die Pistole auf und hantierte am Sicherungshebel. Zerstreut bemerkte Rudolf, daß die Feuchtigkeit sich bereits zurückzog und das Linoleum trocknete. Er überprüfte den Wasserhahn. Nichts tropfte.

Flaherty fand einen Stuhl und setzte sich, die Pistole noch immer auf den betäubten Banditen gerichtet.

»Soll ich ihn gleich umbringen, oder wollen Sie ihn noch martern?« fragte er.

Rudolf fragte sich, ob Flaherty überhaupt in der Verfassung war, eine Schußwaffe zu halten.

»Nur, wenn er nicht redet«, sagte er.

»Ich rede«, sagte der Hippie hastig. »Ich erzähle Ihnen alles, so, wie ich es denen erzählt habe.«

»Was ist alles?«

»Nichts, außer daß ihr beiden auf eine große Sache gestoßen seid und ein halbes Dutzend verschiedener Kerle euch absägen will.«

»Verschiedene?«

»Während ich draußen auf euch gewartet habe, sperrten zwei Kerle die Hintertür mit einem Nachschlüssel auf und blieben eine halbe Stunde im Haus. Als sie fort waren, kamen zwei andere und machten es genauso. Sie liefen vorne hinaus, gerade als hinten wieder ein anderer reinging.«

»Wie haben sie ausgesehen?«

»Wie tausend andere Bullen in Zivil. Und der letzte –« Er beschrieb Riordan.

Rudolf suchte bei Flaherty mit einem Blick Inspirationen, jedoch ohne Erfolg.

»Was ist mit Ihren zwei Freunden, denen ich den Wagen gegeben habe?« fragte er schließlich.

»Die sind gleich abgehauen, als wir rauskamen.«

»Wie haben Sie mich gefunden?«

»Einer von den Burschen von außerhalb hat etwas fallen lassen.«

»Was wollten sie wissen?«

»Wie lange ich Sie kenne, wo wir uns getroffen haben, wie viele noch beteiligt sind.«

»Beteiligt woran?«

»Soviel ich mitbekommen habe, habt ihr einen gepanzerten Wagen überfallen, und sie wollen ihn ohne Aufsehen zurückkaufen.«

Flaherty lachte.

»Ist es Ihnen nicht ein wenig riskant vorgekommen, sich in so etwas einzumischen?«

Der Möchtegern-Bandit betrachtete die Pistole in der Hand des Iren und gab ihm recht.

»Woher haben Sie die Waffe?« fragte Flaherty.

»Ich hab' den Wagen durchsucht, ob sie nicht vielleicht ein paar Joints dagelassen hatten, und fand sie zwischen den Polstern. Gehört sie Ihnen?«

»Sind Sie nicht auf den Gedanken gekommen, jemand anderer könnte vielleicht wissen, daß sie vorhanden ist – vielleicht der Mann, der ›fallen ließ‹, wo mein junger Freund ist?«

Der Kurzhaarige wirkte mit jeder Minute blasser.

»Auf Anhieb würde ich sagen, daß Sie dran sind, sobald die Herren, die auf uns schießen, es geschafft haben. Sie haben eine Waffe, ein Motiv und die Gelegenheit.«

»Menschenskind!« stöhnte der Hippie.

Rudolf sah Flaherty bewundernd an und wünschte sich, ein Gehirn zu haben, das die Dinge auch so sehen konnte. Aber es war ein schwacher Trost, zu wissen, daß Leute – künftige Verschwägerte – auf ihn schossen. Vielleicht hätte er das Angebot der goldenen Horde doch annehmen sollen ...

»Warum sind Sie hergekommen?« fragte Flaherty.

Der junge Mann wand sich.

»Ich war unterwegs zur Küste, pleite und glücklich, bis dieser Indianer daherkam. Wenigstens könnte er mir doch ein bißchen Moos geben.«

»Wieviel?«

Noch mehr Windungen und Seelenerforschung.

Rudolf zog fünfzig Dollar aus der Tasche und warf sie hin. Das Gesicht des Banditen hellte sich auf.

»Ich verschwinde«, versprach er. »Sie sehen mich nie wieder.«

»Tun Sie das«, sagte Flaherty. »Sobald wir tot sind, werden Sie verhaftet.«

»Mensch!« jammerte der junge Mann. »Was soll ich denn tun?«

Flaherty prüfte die Sicherung und warf dem Hippie die Pistole in den Schoß.

»Sie könnten erst mal lernen, damit umzugehen«, sagte er. »Sie müssen darauf achten, wer hier ein- und ausgeht. Wenn Sie festgenommen werden, habe ich nie von Ihnen gehört, drum bringen Sie lieber keine Hausierer um.«

Der junge Mann griff vorsichtig nach der Waffe.

»Mensch!« murmelte er. »Ich als Leibwächter!«

»Es ist Ihr Leib«, sagte Flaherty. Er zog noch weitere fünfzig Dollar heraus. »Besorgen Sie sich was zum Anziehen, damit die Leute hier nicht wild werden.«

»Semantiker nennen das eine Doppelklemme«, sagte Flaherty, als der Möchtegern-Bandit ging. »Wenn du's machst, bist du dran, wenn nicht, auch. Ich bezweifle sehr, ob ein Mietpolizist die Motivierung hätte, uns am Leben zu erhalten, wie der junge Mann da. Inzwischen sammeln Sie am besten das Geld ein, mein lieber Junge, bevor wir wieder Besuch bekommen.«

»Richtig«, sagte Rudolf. »Aber ich möchte wissen, was das Wasser, in dem unser junger Freund ausgerutscht ist, so glatt gemacht hat.«

»Ah«, sagte Flaherty. »Das ist Ihnen also auch aufgefallen?«

»Tuchi!« rief Rudolf. »Wir sind allein. Du kannst jetzt rauskommen.«

Nichts rührte sich.

»Vielleicht bilden wir uns das ein«, meinte Flaherty.

»Pamela auch?« Rudolf spürte einen Stich, als ihm klar wurde, daß er nie mehr etwas in Pamela St. Audreys herrlichen Garten einpflanzen würde.

Sie starrten eine Weile das Spülbecken an. Als nichts passierte, griff Rudolf nach dem Geld, und sie stiegen in den Lastwagen.

Die Kiesgrube war auch gründlich gefilzt worden, aber die Umschläge mit dem Geld waren unberührt. Rudolf fragte sich, wie viele Kulturenproben gestohlen worden waren und wie viele Biologen langsam den Verstand verloren, wenn sie herauszufinden versuchten, warum die Kulturen nicht länger lebten als acht Tage. Dann fuhr er zurück zur Bank im Ort und kaufte Reiseschecks. Er fuhr weiter in eine größere Stadt und kaufte noch mehr davon, in verschiedenen Banken und Reisebüros, mit der Absicht, möglichst wenig aufzufallen.

Es war Nachmittag, als er zurückkam. Flaherty hantierte immer noch in dem Labor herum, das er sich in der Kiesgrube eingerichtet hatte.

»Nichts Neues beim Aluminophagen«, sagte er, »aber ich glaube, bei der Superhefe bin ich auf etwas gestoßen.«

»Das hilft uns natürlich sehr. Was macht der Ertrag?«

»Wir können bald säen. Haben Sie die –« Flaherty verstummte plötzlich und deutete pantomimisch Vorsicht an. Er fuhr immer wieder mit der Hand ans Ohr, bis Rudolf begriff, daß sie abgehört wurden.

»Im Haus auch, nehme ich an«, sagte Rudolf.

»Kein Zweifel.«

Rudolf ging hinaus zur Grube. Flaherty hatte mit dem Planierschild des Lasters die obersten fünf Zentimeter Dreck aufgerissen. Rudolf griff nach dem Inkubator in seiner Tasche, als ihm etwas auffiel. Er schaute noch einmal hin. Es verging fast eine Minute, während er ziellos herumging und den Kopf hierhin und dorthin drehte, ohne den Blick von einem ganz bestimmten Punkt abzuwenden. Schließlich wurde er wieder mit einem Funkeln belohnt. Er fragte sich, ob es die Spiegelung an einem Fernglas oder an einem Teleobjektiv war. Angewidert ging er zurück ins Labor. Mit dem Mund am Ohr des wilden Iren flüsterte er seine Mitteilung.

Sie starrten einander stumm an, während Rudolf spürte, wie sich eine Idee entwickelte.

»Fahren wir heim«, sagte er laut. »Ich mache das morgen früh.«

»Beim heiligen Sankt Topfgucker, ich wünsch' mir wirklich, daß diese greuliche Gegend ein Restaurant hätte«, murrte Flaherty, als er das Abendessen herrichtete. »Was machen Sie eigentlich mit dem Staubwedel, mein lieber Junge?«

Rudolf hob den Finger an den Mund und schüttelte den Kopf. Sie aßen stumm, wollten sich zwar unterhalten, dachten aber an die ›Wanzen‹.

»Ich nehme an, Sie haben eine gefunden«, meinte Rudolf.

»Ja. Sie sind so verdammt klein, daß man sie nie alle findet.«

»Es gibt Firmen, die gegen Gebühr alles ausräumen.«

»Ja«, sagte Flaherty düster, »aber wessen Gebühr?«

Sie saßen vor leeren Tellern, die Busfahrt der vergangenen Nacht machte sich nun doch bemerkbar.

»Mir reicht's«, sagte Rudolf. »Gute Nacht.«

»Gute Nacht«, sagte Flaherty zerstreut.

Rudolf zelebrierte auf dem Thron feierliche Riten, als er etwas Kaltes und Klammes sich an einer ausgesprochen empfindlichen Stelle festklammern fühlte. Einen Augenblick lang hatte er gute Lust, lauter als Pamela zu schreien, dann nahm er sich zusammen.

»Tuchi!« rief er. »Was machst du hier? Hast du dauernd geknallt und die Fische umgebracht? Ich dachte, du bist schon längst fort.« Rudolf erhob sich und griff nach seiner auf Halbmast gesunkenen Hose. »Übrigens greift eine Dame bei einem Herrn nicht da hin.«

»Ein Herr betrügt eine Dame auch nicht mit verfälschtem Aluminium«, sagte Tuchi verärgert. »Mein Schiffsantrieb ist verstopft. Die Reparatur dauert Monate. Ich brauche die –«

»Psssst!« Rudolf fiel plötzlich ein, daß jedes Gespräch im Haus abgehört wurde.

»Laß das!« fauchte Tuchi. »Dank dir sitze ich hier fest! In vier Wochen Fahrt durch eure Wasserwege habe ich Hechte, Barsche, Roßmakrelen, Panzerkrebse, Rundmäuler und Elritzen gefunden – alles auf diesem Misthaufen von verseuchtem Planeten hat eine Eigenschaft gemeinsam: Sie finden mich alle unwiderstehlich. Ich bin gebissen, gekaut, gestochen und gezwickt worden, man hat an mir gesaugt, mich besudelt und angebohrt. Nichts, was schwimmt, fliegt oder kriecht, kann darauf verzichten, mich fressen zu wollen. Ich möchte endlich –«

»Ruhe, um Himmels willen«, flehte Rudolf, »sonst ist in ein paar Minuten die goldene Horde da.«

Tuchis drei schwarze Punkte stiegen aus der WC-Schüssel empor.

»Also!« drohte das fremde Wesen.

Unten wurde an die Tür gehämmert.

»Schon passiert!« ächzte Rudolf. »Wenn die jemals dahinterkommen, daß es dich gibt, siehst du deine Heimat nie wieder«, versicherte er dem Wesen. »Das Haus ist verwanzt – alles wird abgehört. Die belauschen alles, was wir sagen.«

Flaherty murrte Blasphemien mit seiner Baritonstimme, als er die Treppe hinunterstolperte. Rudolf hörte, wie die Tür geöffnet wurde. Ein paar Sekunden gemurmelte Unterhaltung, dann rief Flaherty: »Mein Junge, hier ist eine junge Dame, die einfach stirbt, wenn sie Sie nicht sehen kann.«

»O Gott!« stöhnte Rudolf. Er wurde gemartert von dem Wunsch, sie wiederzusehen, sie hinaufzuführen und ... Aber Pamela St. Audreys Erscheinen gerade jetzt mußte mehr sein als ein Zufall. Wenn sie Tuchi noch einmal sah – wenn die goldene Horde je entdeckte, woher Rudolf das Verfahren hatte ... Dann beruhigte er sich ein wenig. Tuchi besaß keinen zweiten Inkubator. Rudolf hatte den einzigen, den es im ganzen Sonnensystem gab, noch immer in seinen Händen. Er gedachte ihn zu behalten, egal um welchen Preis.

Die Stimmen wurden lauter. Guter Gott! dachte Rudolf, er bringt sie herauf. Hastig zog er den Reißverschluß zu.

»Ich will ihn sofort zurückhaben!« Tuchis Dreipunktgesicht fuhr höher. Flaherty hämmerte an die Tür.

»Dame für Sie!« brüllte er.

»Und da reden die Leute von wilden Indianern!« murmelte Rudolf.

Tuchi floß über den Rand der Sitzbrille. Rudolf fragte sich plötzlich, auf welche Weise das Wesen die vielen Fische getötet hatte.

»Komme sofort«, schrie er. Er schickte ein Stoßgebet zum Himmel und betätigte die Spülung.

8

Es gab ein Geräusch, das für den Rest von Rudolfs Leben in seinen Alpträumen wiederkehren sollte, als das Wasser bis an den Rand der Schüssel hochstieg und plötzlich absank, ein empörtes außerirdisches Wesen mitschwemmend.

Rudolf prüfte den Sitz seiner Hose und betrachtete sein Gesicht im Spiegel. Er straffte die Schultern und versuchte zu lächeln, als er die Tür öffnete.

Niemand war da. Schließlich begriff er, daß er sich nur eingebildet hatte, Flaherty werde sie heraufbringen. Er ging hinunter ins Wohnzimmer, wo der wilde Ire stand, galant über einen wohlgerundeten Busen im bescheidenen Ausschnitt eines Reisekostüms gebeugt.

Es war nicht Pamela St. Audrey. Rudolf starrte das schwarzhaarige, ein wenig indianisch wirkende Mädchen auf dem Sofa einen Augenblick an. Endlich fiel ihm ein, daß er sie am Vortag in Northumber gesehen hatte.

»Heute auch Beilmorde?« fragte sie.

Rudolf zuckte schuldbewußt zusammen und überlegte, ob die Spülung dem fremden Wesen schädlich gewesen sein mochte.

»Lassen Sie sich von Lars nie knipsen«, warnte das Mädchen, »wenn Sie nicht als Nasenbohrer unsterblich werden wollen.«

»Von wem?« Dann wurde Rudolf plötzlich klar, daß sie den alternden Langhaarigen mit seiner supermodernen Kleidung meinte. Was, zum Teufel, machte sie eigentlich hier – so, als hätte er es nicht gewußt!

»Ich bin Lilith Lasky«, sagte sie. »Ich arbeite für ›Life‹.«

»Das glaube ich nicht!«

Sie kramte in ihrer Handtasche.

»Ausweise kann jeder fälschen«, meinte Rudolf. »Ich glaube nur nicht, daß Sie Lilith heißen.«

»Mein Vater hat sehr an die Bösartigkeit Gottes geglaubt«, erläuterte Lilith. »Deshalb benannte er mich nach einer Dame, die vor der Zeit lebte, als Gott sich um uns Juden zu kümmern begann.«

Rudolf starrte Flaherty verständnislos an.

»Da scheint irgendwo ein Faden schwarzer Theologie zu verlaufen«, meinte der Ire.

Lilith lächelte.

»Wie mein Vater es auszudrücken pflegt: ›Wie konnte ich soviel Haß auf etwas verschwenden, das gar nicht existiert?«

»Wie Ihr Vater es ausdrückt?« wiederholte Flaherty entgeistert. »Der arme Mann ist tot, wie?«

»Nein. Er ist nur Mormone geworden.«

Rudolf fragte sich, ob die Tentakel der goldenen Horde bis zu ›Life‹ reichten. Er spürte, daß sich wieder die dumpfe Reservats-Mentalität breitmachte.

»Sie sind Schlagzeilenmaterial«, sagte das Mädchen. »Und ich bin nur der Vorreiter der Herde.«

»Das hat uns noch gefehlt«, knurrte Rudolf.

Lilith zuckte die Achseln.

»Sie können uns die wildesten Vermutungen anstellen lassen oder es ganz kühl anfangen.«

»Nämlich wie?«

»Sie müssen eigene Interessen haben. Manövrieren und manipulieren. Benützen Sie die Medien dazu, Ihren Standpunkt darzulegen.«

Für jemand, der einige Erfahrungen mit den Medien hatte, war er bemerkenswert begriffsstutzig gewesen, das sah Rudolf jetzt ein.

»Was hätten Sie denn gern?« fragte er.

»Eine Geschichte über einen Indianer, der es dem weißen Mann nachmacht.«

»Wer hat Sie hergeschickt?«

»Würden Sie mir den ersten großen Auftrag der jungen Reporterin abnehmen?«

Rudolf schnaubte durch die Nase.

»Nein, das dachte ich mir schon. Übrigens kann ich mehr für Sie tun, als Sie für mich.«

»Sicher«, sagte Rudolf mürrisch. »Sie haben uns Gott gebracht und uns gezeigt, wie man zum Beten die Köpfe senkt. Als wir den Kopf wieder hoben, war das ganze Land weg«

»Heben Sie sich das für die WASPs auf«, sagte Lilith. »Ich bin auch eine Minderheit.«

»Ich bin selbst ein WASP.«

»Was?«

»Ein Wildarsch-Sioux-Prolet.«

Lilith lachte erfreut.

»Darf ich Sie zitieren?«

»Warum nicht? Aber im Ernst, ich bin völlig erledigt. Hat das nicht Zeit bis morgen?«

»Doch. Mein Campingwagen steht draußen. Ach, das gehört übrigens einem Sonderling draußen im Gebüsch.« Sie warf Rudolf eine Pistole in den Schoß. Rudolf erinnerte sich an den letzten Vorfall damit und versuchte tapfer, den Lüster zu erreichen. »Regen Sie sich ab«, sagte Lilith. »Ich habe die Patronen herausgenommen. Kann ich Ihr Bad benützen?«

»Aber selbstverständlich«, sagte Flaherty.

»Bin gleich wieder da.« Lilith verschwand durch die Haustür.

Rudolf sah Flaherty an. Flaherty blickte auf die Pistole.

»Wir sperren sie lieber weg, bevor der Trottel sich die Zehen wegballert«, sagte er seufzend.

Augenblicke später kam Lilith Lasky in einem dunkelblauen Morgenrock und einer kleinen Tasche voll Werkzeug zurück, mit dem die Frauen beweisen, daß sie keine Männer sind. Plötzlich taten sich Rudolf entsetzliche Möglichkeiten auf.

»Sie können nicht – ich meine, äh, seien Sie vorsichtig«, sagte er lahm.

Flaherty warf ihm einen seltsamen Blick zu, als Lilith die Treppe hinaufstieg und verschwand.

»Tuchi«, erklärte Rudolf.

»Sie ist wieder da?«

Mit einem Ohr nach einem Schrei lauschend, berichtete Rudolf, was geschehen war.

»Aha«, sagte der Ire ernsthaft. »Hat also nicht viel Sinn, beim Reden vorsichtig zu sein, wenn der arme Klumpen alles verraten hat.«

»Was wird jetzt werden?« fragte Rudolf.

Flaherty zuckte die Achseln.

»Sie hätten das Kanu nicht hergeben sollen.«

»Das sagen Sie mir jetzt.«

»Das habe ich damals schon gesagt.«

»Ich weiß.« Rudolf überlegte. »Sie haben einmal gesagt, es sei nur eine Frage der Zeit, bis jemand von selbst dahinterkommen würde. Was glauben Sie, wie lange es dauern wird?«

»Mein lieber Junge, wenn ich das wüßte, hätte ich die Lösung des Problems.«

»Und was ist das Problem?«

»Sie sterben.« Flaherty spitzte die Lippen. »Nein, das ist nicht das ganze Problem. Es ist der Energieaustausch. Da hebt jemand Geld von der Bank ab, ohne je etwas einzuzahlen.«

»Verstehe nicht.«

Flaherty seufzte.

»Sie wollten einmal Ingenieur werden. Wissen Sie, was ›Wärmetönung‹ ist?«

»Ist schon eine Weile her. Ist das nicht die Energie, die bei chemischen Reaktionen aufgenommen oder abgegeben wird?«

»Genau. Wissen Sie, was die Solarkonstante ist?«

»Wie kann sie konstant sein? Muß sie nicht nach Längengrad und Wetter und allen möglichen Dingen schwanken?«

»Ja, hier unten schon«, stimmte Flaherty zu, »aber die Solarkonstante ist die Menge abgestrahlter Sonnenenergie, die normalerweise von den äußeren Schichten der Erdatmosphäre aufgenommen wird. Im Durchschnitt beträgt sie 136,0 Milliwatt pro Quadratzentimeter in der Minute.«

»Ich glaub's Ihnen.«

Flaherty war aufgestanden und ging hin und her.

»Ja höher die Wärmetönung, desto stabiler die Verbindung. Das ist nur ein anderer Ausdruck für die Feststellung, es sei leichter, Holz in Asche, als Asche zurück in Holz zu verwandeln. Einmal zieht man Energie heraus, das andere Mal führt man Energie zu. Was für eine Verbindung muß nun eine niedrige Wärmetönung haben?«

»Etwas Unbeständiges, nehme ich an.«

»Richtig. Wenn Sie eine Verbindung mit niedriger Wärmetönung finden, kostet es meist allerhand Arbeit, sie zu erzeugen. Manche Verbindungen haben sogar eine negative Wärmetönung.«

»Wie Nitroglyzerin?«

»Sehen Sie, die Geisteswissenschaften haben Sie doch nicht völlig verdorben«, sagte Flaherty strahlend. »Aluminiumoxyd ist nun sehr stabil«, fuhr er fort. »Es ist eine Asche, die durch die Verbrennung von Aluminiummetall in Sauerstoff entsteht.«

»Eine hohe Wärmetönung?« riet Rudolf.

»Beträchtlich höher als die Solarkonstante.«

»Ah.« Rudolf begann zu begreifen.

»Unser Aluminophage kann Energie nur von der Sonne erhalten. Er bekommt nicht genug, um zu leisten, was wir von ihm sehen. Also – woher kommt die zusätzliche Energie?«

»Die guten Feen?« meinte Rudolf.

»Die haben alle auf Fire Island zu tun.«

»Mir ist eben etwas eingefallen.«

»Ja, mein Junge?«

»Jedesmal, wenn wir Aluminium machen, müssen wir auch neuen Sauerstoff erzeugen, der in die Atmosphäre gelangt.«

Flaherty blieb plötzlich stehen und starrte Rudolf an.

»Sie haben die Piraten der goldenen Horde abgewiesen und das nicht gewußt?«

»Ja.«

Flaherty schüttelte den Kopf.

»Warum haben Sie das Angebot nicht angenommen?«

»Das frage ich mich auch schon den ganzen Tag.«

Der wilde Ire wandte sich ab und schneuzte sich.

»Sie sind tapferer und dümmer, als ich dachte«, sagte er. »Aber letzten Endes wird die Erlösung des Menschen wohl immer von der Liebe abhängen.«

Rudolf war verwirrt. Obwohl er immer unter Weißen gewesen war, seitdem eine mürrische Person ihn entführt und in eine Reservatsschule gebracht hatte, waren die Weißen für Rudolf stets schwerfällige Tölpel mit Pokergesichtern gewesen, die entweder keine Gefühle kannten oder sie nicht auszudrücken vermochten. Der wilde Ire war aber offensichtlich von einer starken Empfindung erfaßt worden.

»Rund um unseren geplagten Planeten gibt es nur eine bestimmte Menge freien Sauerstoffs«, sagte er. »Sicher, man wird Ihnen sagen, daß die Pflanzen ihn ersetzen, die Algen und Chlorella und die riesigen Weizenfelder und der Urwald vom Amazonas – das ist alles Quatsch!«

»Sie meinen, die Pflanzen nehmen kein Kohlendioxyd auf und geben keinen Sauerstoff ab?«

»Doch, das tun sie. Jede Pflanze bringt genausoviel Sauerstoff hervor, daß das Verfaulen oder Verbrennen der Pflanze gesichert ist, wenn sie abstirbt.«

»Wie bekommen wir dann je einen Vorsprung?«

»Tja«, sagte Flaherty, »im Kleinen machen wir es noch: Torfmoore etwa, wo die toten Pflanzen zusammengepreßt werden, aber nicht oxydieren; Holz in Häusern, die nicht abbrennen. Damals, in der Karbonzeit, ging es uns prima, aber da hatte unsere Gattung noch nicht angefangen, Kohle und Erdöl schneller zu verbrennen, als die Pflanzen sie erzeugen können. In zweihundert Jahren haben wir den ganzen Sauerstoff gebunden, den die Wälder der Karbonzeit in sechzig Millionen Jahren haben freisetzen können. Was glauben Sie, wie lange das mit uns noch geht?«

»Weiß ich nicht«, sagte Rudolf. »Gut sieht es wohl nicht aus.«

»Oh, wir überleben schon«, fuhr Flaherty fort. »Diejenigen von uns, die es sich leisten können. Gott helfe dem armen Kerl, der seine Unterstützung vertrinkt, statt sich genug Luft zu kaufen, damit sie übers Wochenende reicht.«

»Sie glauben, daß es so weit kommen wird?«

»Es gibt jetzt schon Orte, wo das Atmen gefährlich ist. In zwanzig Jahren werden reiche Leute in luftdichten Häusern wohnen – oder vielleicht ein Plastikdach über ihrem Grundstück haben. Sie werden doppelt so lange leben wie der arme Kerl, der um den Rest mit den Schornsteinen wird konkurrieren müssen.« Flaherty war wieder auf den Beinen und gestikulierte. »Deswegen schließe ich nicht mit der goldenen Horde ab!« schrie er. »Jedesmal, wenn ich mit einer Kleinigkeit daherkam, die das Unglück hätte hinausschieben können, hockten sie drauf, verloren oder unterdrückten sie. Die Sache jetzt ist zu groß. Aluminium – Quatsch! Wenn Sie mit Aluminium reich werden wollen, nur zu. Ich will Luft zum Atmen. Jedesmal, wenn wir Aluminium machen, erzeugen wir Luft. Und ich lasse nicht zu, daß St. Audrey alle Armen ersticken läßt!«

Von der Treppe kam Applaus. In ihren blauen Morgenrock gewickelt, um den Kopf ein Handtuch, stieg Lilith Lasky langsam die Stufen herunter. Plötzlich erinnerte sich Rudolf an Tuchi.

»Nichts äh –« Er beschloß, den Mund zu halten. Offenkundig war Tuchi nicht aufgetaucht, sonst hätte diese schwarzhaarige junge Frau Flahertys Ausbruch nicht so freudig beklatscht.

»Wieviel haben Sie gehört?« fragte Rudolf.

»Ich kam bei der Karbonzeit dazu.«

»Und dabei sehen Sie keinen Tag älter aus als eine Million Jahre«, meinte Flaherty.

Rudolf wünschte sich, auch solche cleveren Dinge sagen zu können.

»Ist es wahr?« fragte Lilith.

»Ist was wahr?«

»Daß ihr Luft macht?«

»Ja.«

»Wie stellt ihr das an?«

»Bitte«, sagte Rudolf. »Irgendein Geheimnis muß ein Mann haben.«

Liliths Blick veranlaßte ihn zu der Überlegung, ob er die goldene Horde auch so angesehen hatte.

»Na schön«, sagte er. »Morgen können Sie mich dabei fotografieren.«

Am nächsten Morgen fuhren sie mit dem Kipplaster hinaus. Rudolf holte hinten eine Tasche heraus.

»Muß im Reinraum etwas machen«, sagte er und ging zu Flahertys Labor. »Bin gleich wieder da.«

»Was ist ein Reinraum?« fragte Lilith.

Flaherty erfand noch immer Erklärungen mit Spezialkleidung und Vorsichtsmaßnahmen gegen Verseuchung, als Rudolf wieder herauskam. Flaherty riß die Augen auf, sagte aber nichts.

Rudolf trug einen Lendeschurz, der aus einer alten Madrasjacke improvisiert war. An Kopf, Hand- und Fußgelenken trug er die Überreste eines Staubwedels. Er hatte Gesicht und Körper mit Streifen und Mustern bemalt, an die er sich undeutlich aus Cowboy- und Indianerfilmen erinnerte. Er hatte einen Stab mit gefiederten Knäufen an beiden Enden in der Hand.

»Ist das ein Coupstab?« fragte Lilith.

Rudolf schüttelte zornig den Kopf und legte den Finger an die Lippen.

»Die Macht hat ihn ergriffen«, sagte Flaherty aus dem Stegreif. »Wenn er jetzt mit Ihnen spräche, könnte Ihnen etwas zustoßen.«

Lilith sah den Iren scharf an. Rudolf ging hinaus in die Kiesgrube. Er begann zu hüpfen und von dem Bannspruch zu heulen, was ihm noch einfiel. Er sprang in der Grube hin und her, preßte den Inkubator in einem Ende des Stabes zusammen und schrie Zusätze für den Mohawk, Mr. St. Audrey und die ganze goldene Horde.

Lilith erholte sich so weit, daß sie ihre Kameras herausholte und sich an die Arbeit machte. Auch für Rudolf artete es in Arbeit aus, in der Grube umherzutanzen und zu springen, bis der Inkubator die ganze Fläche besprüht hatte. Schließlich war er, schwitzend und zitternd, fertig. Zu atemlos, um sprechen zu können, eilte er an Flaherty und Lilith vorbei ins Labor, wo er entdeckte, daß sich die Farbe nicht abwaschen ließ.

Er zog sich wieder an und kam sich mit jedem Augenblick klebriger vor.

»Können Sie jetzt reden?« fragte Lilith, als er herauskam.

»Sobald ich bei Atem bin.«

»Was haben Sie da draußen gemacht?«

»Magie.«

»Zu irgendeinem Gott gebetet?«

Rudolf legte sich eine Antwort zurecht, als Flaherty unterbrach.

»Nein, liebes Mädchen, es besteht ein Unterschied zwischen einem Magier und einem Priester.«

Rudolf wünschte sich eine Tasse Kaffee.

»Worin sehen Sie den Unterschied?« fragte Lilith.

»Ein Priester handelt mit seinen Göttern – flehend, bestechend, Verträge schließend, nach Segen oder Gunst winselnd.«

»Und was macht ein Magier?«

»Er *zwingt* die Götter und andere Naturkräfte, seinem Willen zu gehorchen. Das ist etwas völlig anderes, das Problem, die richtigen Wörter zu finden, der Zauber, der die Natur dazu *zwingt*, zu tun, was man will.«

»Was ist daran so verschieden?«

Flaherty grinste.

»Aus dem primitiven Magier hat sich der Wissenschaftler entwickelt, aus dem Priester der Sozialarbeiter.«

»Glauben Sie wirklich an die ganzen Mätzchen von vorhin?«

»Es funktioniert«, sagte Rudolf.

»Aber –«

»Sicher«, sagte Flaherty, »das meiste sind Mätzchen. Aber inmitten der ganzen Mätzchen macht der liebe Junge irgend etwas richtig. Wir experimentieren und eliminieren eines nach dem anderen, um herauszubekommen, was es nun wirklich ist, das Aluminium erzeugt.«

»Aber Tanzen und Federn –?«

»Versuchen Sie mal, Aluminium ohne das wachsen zu lassen«, sagte Rudolf. Stumm ergänzte er: *Oder damit.*

»Kann ich in den Reinraum hineinsehen?«

Rudolf sah Flaherty an. Flaherty erwiderte den Blick.

»Warum nicht?« sagte Rudolf.

Während sie Flahertys Arbeitstisch und ein paar Nährlösungen und Plattenkulturen fotografierte, die er aufgestellt hatte, zog Rudolf heimlich den Inkubator aus dem gefiederten Coupstab und ersetzte ihn durch einen Beutel voll Salz, Asche und verschiedener Pollen, um einen möglichen Dieb des Stabes zu verwirren, der sich

Gedanken über die Höhlung machen mochte. Eigentlich hätte sein Talisman aus einem Büffelskrotum hergestellt sein müssen, aber da er im Staate New York war, hatte Rudolf einfach ein Stoffsäckchen verwendet.

Er drehte einen Schalter und nahm die Maschinerie in Betrieb, die sie für das Schwimmverfahren umgebaut hatten. Am anderen Ende des Gebäudes quoll Rauch empor, als Flaherty die Presse vorführte, wo sie metallischen Schlick in Aluminium und Wachs trennten. Rudolf ertappte sich dabei, daß er hinüberstarrte, als Lilith, in schwarzen, glänzenden Hotpants, sich über einen Eisenträger legte, um eine Aufnahme zu machen.

»Sie sehen gar nicht jüdisch aus«, sagte er, als sie in seinen Teil des Gebäudes zurückkam. Er kam niemals dahinter, worüber sie lachte.

Schließlich war die Tagesarbeit getan, und sie fuhren zurück zum Haus.

»Fortschritte?« fragte Rudolf.

»Die widerstandsfähige Hefe sieht vielversprechender aus«, antwortete Flaherty, »aber nicht unser anderes Problem.«

Rudolf warf ihm einen Blick zu und fragte sich, ob Flaherty mehr zu sagen haben würde, wenn sie je wieder allein sein sollten. Wie lange wollte Lilith Lasky noch hierbleiben? Als er sie vom Laster herunterklettern sah, wurde ihm klar, daß es eigentlich angenehm war, sie weggehen zu sehen. Er ertappte sich dabei, daß er ihre dunkelhaarige Tüchtigkeit mit Pamela St. Audreys eleganter Unproduktivität verglich.

Lilith hatte den ganzen Tag damit verbracht, sie bei der Arbeit zu beobachten, Aufnahmen zu machen und einen Ablauf zu verstehen, der so einfach war, daß sie intuitiv begriff, daß es noch etwas geben mußte, was man ihr nicht gezeigt hatte. Sie fuhren in die Einfahrt, als sie sagte: »Haben Sie gewußt, daß da jemand mit einer Dicken Bertha herumläuft?«

»Woher wissen Sie das?« fragte Flaherty.

»Meine Teleobjektive lassen sich sehr gut als Teleskope verwenden.«

»Was ist eine Dicke Bertha?« fragte Rudolf.

»Ein veraltetes Telephotogerät – sieht aus wie ein Stück Ofenrohr. Man hat sie früher mit einer Graflex verwendet und Footballspiele damit aufgenommen.«

»Haben Sie sein Gesicht gesehen?«

»Gestern in Northumber. Ein mürrischer Kerl im Pfeffer- und-Salz-Anzug.«

»Riordan!« knurrte Flaherty.

»Morgen tanze ich Regen auf ihn«, versprach Rudolf.

Lilith betrachtete ihn immer noch stumm und nachdenklich, als sie ins Haus gingen. Der Zahnstocher, den Rudolf aufgestellt hatte, war umgefallen. Er seufzte und deutete. Flaherty zog bestätigend die buschigen Brauen hoch, als er anfing, Kartoffeln zu schälen. Rudolf guckte in den Kühlschrank und fragte sich, was sie sonst noch essen sollten. Es war unsinnig, Zeit mit Kochen zu vergeuden, aber der Ort war zu klein für ein Restaurant, und bei dem Gedanken an Fertigmahlzeiten wurde ihm übel.

Lilith verschwand in ihrem Campingfahrzeug und kam mit einer Schürze und einer Riesenladung Lebensmitteln heraus.

»Alles raus aus der Küche!« befahl sie.

»Ist das koscher?« fragte Flaherty, als er Muschelsuppe mit Gemüse aß.

»Wie Schinken am Freitag«, gab Lilith zurück.

»Mein Volk hat keinerlei Fisch gegessen«, erinnerte sich Rudolf. »Er gehört zu den Unterwasser-Wesen.«

Lilith lächelte maliziös.

»Haben Sie keine Angst, daß das Ihre Tanzerei verdirbt?« Sie war verdutzt, als Rudolf plötzlich ein sorgenvolles Gesicht machte.

Fisch erinnerte Rudolf an das, was oben im Badezimmer warten mochte. Er sah Flaherty an. Der Ire richtete den Blick auf die Treppe, und Rudolf wußte, daß sie dasselbe dachten.

Lilith Lasky wurde ihm immer sympathischer. Sie war intelligent, tüchtig und sehr gut gebaut. Er wünschte sich aber von ganzer Seele, daß sie gehen möge – wenigstens so lange, bis er entscheiden konnte, was er mit Tuchi anfangen sollte. Während er zusah, wie Flaherty mit dem gekochten Muschelfleisch Mundspielereien anstellte, kam er zu dem Schluß, daß Lilith auch eine sehr tüchtige Köchin war. Er fragte sich, ob Pamela kochen konnte. Wenn er mit ihr zusammen war, schien sich das Thema nicht zu stellen.

»Wie viele Tage brauchen Sie gewöhnlich, um einen solchen Auftrag abzuschließen?« fragte er.

»In ein, zwei Tagen verschwinde ich wieder«, sagte Lilith. »Was haben Sie für Pläne, immer vorausgesetzt, Sie lassen sich von St. Audrey nicht schlucken?«

»Wie Doktor Flaherty schon sagte, jedesmal, wenn wir Geld machen, erzeugen wir frische Luft.«

»Sie versuchen es also allein?«

»Es bleibt uns nicht viel anderes übrig.« Rudolf sah Flaherty an. »Sollen wir ihr von dem Taxi gestern nacht erzählen?«

»Man hat uns eine Warnung zukommen lassen. Wir sollten uns ruhig revanchieren«, meinte der Ire.

Als Lilith von den zerschossenen Taxifenstern gehört hatte, fragte sie: »Wäre es nicht edler, das Geheimnis nicht mit Ihnen sterben zu lassen? Ihr Leben könnte sich verlängern, wenn man wüßte, daß es nicht untergeht, selbst wenn Sie ums Leben kämen.«

»Ich war lange genug arm«, sagte Rudolf. »Außerdem müssen wir erst herausbekommen, was das Verfahren überhaupt bedeuten soll. Ich kann mir direkt vorstellen, wie die goldene Horde einen Zaubertanz aufführt.«

Wieder warf ihm Lilith einen Blick zu, bei dem Rudolf argwöhnte, daß er niemanden zum Narren hielt, außer ihr selbst. Er bemühte sich, nicht zu gähnen, und scheiterte.

»Ich auch«, sagte Lilith und stand auf.

Noch immer gähnend, ging Rudolf hinauf zum Badezimmer. Auf dem Boden lag ausgestreckt ein Mann. Rudolf erkannte schließlich den Möchtegern-Banditen, dem Lilith am Abend zuvor die Waffe abgenommen hatte. Er hatte geglaubt, der kurzgeschorene Hippie sei tot, als er ihn das erstemal auf den Fahrerhaussitzen des Kipplasters ausgestreckt gesehen hatte. Diesmal gab es für Rudolf keinen Zweifel mehr. Ihr Leibwächter war so tot, wie es zwei Hälften einer Leiche mit fehlendem Mittelstück nur sein konnten.

Rudolf stand einen Augenblick von Entsetzen gelähmt da. Die Hälften waren so säuberlich durchtrennt, daß die Leiche nicht geblutet hatte. Er erinnerte sich an die Meldungen über das Fischsterben. Dann begriff er plötzlich: was diesen unglücklichen jungen Mann getötet hatte, war wahrscheinlich gedacht gewesen für ... Er knallte die Tür zu und hetzte hinunter, gerade als Lilith, wieder im blauen Morgenrock, Lockenwickler im Haar, hinaufstieg.

»Nicht hinaufgehen!« sagte Rudolf.

»Warum nicht?«

»Ich, äh, da ist, äh –«

Flaherty kam ihm zu Hilfe.

»Die Toilette ist manchmal verstopft«, sagte er. »Das sieht

furchtbar aus, vom Geruch ganz zu schweigen. Finden Sie sich lieber damit ab, daß Sie sie eine Weile nicht benützen können. Hat Ihr Campingbus nicht –?«

»Glauben Sie, daß ich bei ein bißchen Kloakendreck gleich in Panik gerate?« meinte Lilith. »Wir räumen das Ding aus.« Entschlossen marschierte sie hinauf. Rudolf raffte sich auf und jagte ihr nach.

»Nicht! Das könnte gefährlich sein!« Bevor er in Reichweite kam, hatte Lilith die Tür schon geöffnet.

Sie ächzte, dann fuhr sie herum.

»Wer war das?«

»Raus!« schrie Rudolf. »Tür zu!« Er riß sie zurück und warf die Tür zu. Mit Flaherty vorn und Rudolf hinten hetzten sie sie hinunter.

Flaherty holte aus einem versteckten Depot irisches Beruhigungsmittel und füllte drei Gläser. Lilith trank ihren Whisky pur und sagte: »Nach der Aufregung zu schließen, muß er für euch eine so große Überraschung gewesen sein wie für mich. Haben Sie eine Ahnung, wer das war?«

»Sie haben ihm gestern abend die Pistole weggenommen«, sagte Flaherty.

Lilith verlor plötzlich ihre Gelassenheit.

»Wenn ich also – wenn er seine Waffe gehabt hätte –«

»Das hätte nichts genützt«, sagte Rudolf.

Obwohl in erster Linie Fotografin, war Lilith kein Neuling bei der Führung von Interviews. Mit Halbwahrheiten und Andeutungen, als ob sie mehr wußte, als es der Fall war, brauchte sie zehn Minuten, um die ganze Geschichte zu erfahren. Verspätet erinnerte Rudolf sich an die ›Wanzen‹. Er schaltete den Fernsehapparat ein.

»Federn und Tanz sind also nur Dekoration?« sagte sie drängend.

»Für Riordan mit seiner Dicken Bertha, oder wie Sie das Ding nennen.«

»Und diese – dieses Ding, das Ihnen den Inkubator gegeben hat, ist für die ganze Knallerei und das Fischsterben verantwortlich?«

»Sie hat jetzt gelernt, noch etwas anderes zu töten als Fische«, sagte Flaherty. »Möchte wissen, was der arme Kerl da oben gemacht hat.«

»Als Miss Lasky ihn als Leibwächter absägte«, meinte Rudolf

nachdenklich, »muß er beschlossen haben, mitzunehmen, was er konnte, und das Weite zu suchen.«

Flaherty öffnete die Schubladen.

»Sie haben recht«, sagte er.

»Fehlt etwas?«

»Nichts, was sich mitzunehmen lohnte. Nur alles wieder zerwühlt. Der arme Kerl hat in seinem ganzen Leben nichts richtig gemacht.«

»Einschließlich des Todes in unserem Badezimmer«, sagte Rudolf. »Was machen wir mit ihm?«

»Die Polizei rufen«, sagte Lilith, dann zog sie die Brauen zusammen. »Nein, natürlich nicht. Die goldene Horde würde dafür sorgen, daß wir nie wieder herauskämen.«

»Wir?«

»Ich bin Mitwisserin, wenn ich nicht sofort die Polizei rufe.«

»Vielleicht sollten Sie das lieber tun«, meinte Flaherty.

»Kommt nicht in Frage«, fauchte Lilith. »Meine armen Verwandten sind auch aufs Atmen erpicht. Und ich bin ärmer als sie.«

»Wo schaffen wir die Leiche hin?« fragte Rudolf gedankenverloren.

Flaherty griff nach der Whiskyflasche.

»Ausgeschlossen«, sagte Rudolf entschieden. »Wir brauchen unser ganzes Hirn.«

»Ich koche Kaffee«, sagte Lilith. Sie ging in die Küche.

Rudolf und Flaherty starrten einander freudlos an, als sie ein Klopfen hörten. Rudolf dachte an die ›Wanzen‹.

»Das werden die Bullen sein«, meinte er.

»Hinten stehen sie auch«, sagte Flaherty. »Hat keinen Zweck, sich lange zu quälen.« Er stand auf und öffnete die Tür. Es war Pamela St. Audrey.

Rudolf verstand von weiblicher Kleidung nicht genug, um beschreiben zu können, was sie anhatte, aber die Wirkung auf seine Drüsen war augenblicklich und überwältigend.

»Rudy«, begann sie, »ich weiß einfach nicht, was gestern passiert ist, aber du kannst doch nicht . . . Rudy, bitte, darf ich nicht hereinkommen?«

Die Wirkung dieser rothaarigen Vision war so überwältigend, daß Rudolf einen Augenblick lang sogar die Leiche im Badezimmer vergaß.

Plötzlich fiel ihm wieder ein, worum es ging. Warum hatte er nur dieses Auto gekauft und sich mit den Hippies eingelassen?

»Pamela«, murmelte er, »es tut mir leid. Ich kann dich jetzt nicht sehen. Ich – etwas Wichtiges hat sich ergeben.«

»Rudy, so leicht kommst du von mir nicht los. Wenn ich hinter dir her sein und mich blamieren muß, dann mache ich das eben.«

Lilith Lasky, immer noch mit Morgenrock und Lockenwicklern, steckte den Kopf zur Tür herein.

»Feine Flitterwochen!« sagte sie höhnisch. »Stehst du die ganze Nacht da und schwätzst?«

Pamela erstarrte ungläubig. Dann ließ sie die Schultern sinken.

»Verzeih, Rudy«, sagte sie. »Ich wünsche dir von allem das Beste. Ich belästige dich nie mehr.« Sie drehte sich um und ging in die Dunkelheit hinein. Rudolf blieb mit der betäubten Erkenntnis zurück, daß er in ihren Augen tatsächlich Tränen gesehen hatte.

Er starrte noch immer in die Dunkelheit, als Lilith hereinkam und die Tür schloß.

»Bedaure, Schatz«, sagte sie, »aber auf irgendeine Weise mußten wir sie loswerden.«

Rudolf sagte sich, daß das schwarzhaarige Mädchen recht hatte. Aber er wußte auch, daß er ihr niemals verzeihen würde.

9

Wie hatte er Lilith jemals attraktiv finden können? fragte er sich.

»Tja«, meinte sie lebhaft, »wir müssen eine Leiche loswerden.«

»Mit ›verwanztem‹ Haus und Infrarot-Kameras, jedesmal, wenn wir die Haustür aufmachen?«

»Ein Problem ist das schon.« Lilith bewegte alle zehn Finger, bis Rudolf begriff, daß sie eine Schreibmaschine brauchte. Er holte seine Reisemaschine aus dem alten Koffer.

›Camper könnte auch ›Wanzen‹ haben‹, tippte sie, während Rudolf und Flaherty über ihre Schulter blickten. ›Helft mir, Sachen zu schleppen. Tut so, als wären sie schwer.‹

Sie gingen mit hinaus in die Nacht und holten Kameras und Tonbandgeräte aus einem schiffskoffergroßen Kasten. Ächzend und wuchtend schafften sie die leere Kiste ins Haus. Zehn Minuten später schleppten sie sie wieder hinaus und ächzten diesmal im Ernst.

»Mal sehen, was daraus wird«, rief Lilith. »Wenn ich mehr brauche, komme ich morgen wieder.« Sie sahen ihr nach, als sie davonfuhr.

Im Haus stellte Rudolf nervös neue Überlegungen an und bedachte, wie geschickt sich Lilith in die ganze Affäre eingeschmuggelt hatte. Er fragte sich, ob das Ganze nur Theater gewesen war, um sie ins Haus zu schleusen und das Vertrauen der beiden Männer zu gewinnen. Nach einer Stunde tippte er: ›Steht sie auf unserer Seite?‹

Flaherty zuckte die Achseln. Rudolf zerfetzte diesen und den von Lilith geschriebenen Zettel. Er suchte nach einem Ort für die Fetzen und fand keinen. Dabei fiel ihm etwas ein. Er stopfte die Fetzen in die Tasche, holte einen Besen, ging mit Flaherty hinauf und schob den Besenstiel vorsichtig durch die Badezimmertür.

»Tuchi«, rief er, »bist du da?« Er ging noch einen Schritt und wedelte mit dem Besen. Was den Möchtegern-Banditen auch in zwei Teile zerschnitten haben mochte, den Besen demolierte es nicht. Rudolf hätte gern etwas über Tuchis Waffe gewußt. Vielleicht wirkte sie nur bei lebender Materie.

Im Badezimmer war kein fremdes Wesen. Auch kein Blut. Rudolf sagte sich trotzdem, daß es lange dauern würde, bis er sich wieder auf etwas setzte, das mit der Kanalisation verbunden war. Er fragte sich plötzlich, wie Tuchi sich so fadendünn und meilenlang ausdehnen konnte, daß sie sie hier und in der Kiesgrube zu überwachen vermochte.

Wie hatte das Wesen sie gefunden? Der Inkubator mußte irgendein Signal aussenden. Rudolf hatte plötzlich eine neue Sorge. Wenn der Inkubator auf einer bekannten Frequenz sendete, würde bald ein Peilwagen der Funküberwachung auftauchen, um zu sehen, was die Luft verseuchte. Unten tippte er für Flaherty seine Besorgnis auf ein Blatt Papier. Der Ire zog bestätigend die buschigen Brauen hoch, offerierte aber keine Lösung.

»Für einen Schluck gäb' ich dreißig Prozent von meiner Seele«, sagte er. Rudolf seufzte und gab ihm die Flasche.

Flaherty füllte ein Glas, als sie ein Auto halten hörten. Augenblicke später kam Lilith Lasky herein.

»Die Bilder sind nichts geworden«, sagte sie. »Ich muß alles noch einmal machen.« Sie ging zur Schreibmaschine und schrieb: ›Bin die ganze Zeit beschattet worden. Keine Chance.‹

Der Ire stellte das Glas weg, ohne getrunken zu haben.

»Das habe ich befürchtet«, sagte er. »Die Sonne spiegelt auf dem Matsch, bis der Belichtungsmesser überschnappt. Wir können ebensogut gleich hinfahren, und Sie machen die Aufnahmen mit Kunstlicht.«

Rudolf dachte an die ›Wanzen‹ und sagte sich, daß eine schwache Ausrede besser war als gar keine. Sie sperrten das Haus ab und stiegen zu Lilith in den Campingwagen. An der Kiesgrube öffnete Rudolf die Türen zu ihrem fensterlosen Gebäude und schloß sie wieder, als Lilith rückwärts hineingefahren war.

Flaherty begann Wachsblöcke aus der Aluminiumpresse in einer Ecke des Eisenblechgebäudes zu stapeln. Sie legten die sterblichen Überreste auf das Wachs und begruben es in noch mehr Wachs. Dann baute Flaherty einen Iglu aus lockeren Ziegeln. Schließlich verlegten sie ein Abzugsrohr von ihrem primitiven Ofen dorthin, wo normalerweise der Abzug des Glühofens hinausführte. Sie legten einen Schlauch vom Gebläse zur Unterseite des Ofens.

Er stopfte einen ölgetränkten Lappen hinein und zündete ihn an. Binnen Augenblicken glühten die Ziegel an jeder Fuge mattgelb. Rudolf fragte sich, ob der kurzgeschorene Mann je einen Namen besessen hatte, eine Mutter oder sonst etwas, das einem Menschen eigen war.

Der Wind blies durch das Tal und trieb eine Wolke öligen Rauchs zum Ort. Rudolf trat hinaus, um sie sich anzusehen. Die Nacht war klar, die Brise schwach.

»Alles in Ordnung?« fragte Flaherty, als er zurückkam.

Als Rudolf nickte, hörten sie Sirenengeheul, das sich näherte. Flaherty sah Lilith an. Sie sahen beide Rudolf an.

»Ich wußte gar nicht, daß es im Ort eine Feuerwehr gibt«, sagte er. »Was machen wir jetzt?«

»Wir sind dran, wenn wir sie nicht noch eine halbe Stunde hinhalten können, bis er verkocht ist«, meinte Flaherty.

»Wie halten Sie einen freiwilligen Feuerwehrmann hin, wenn er endlich Gelegenheit hat, seine Axt zu gebrauchen?« fragte Rudolf.

Lilith lächelte.

»Man braucht die richtige Ausrüstung«, sagte sie. »Als erstes zieht ihr beide die Hemden aus.«

»Warum das?«

»Damit sie sich nicht alle fragen, weshalb ich meins ausgezogen habe.« Lilith zog ihren ausgebeulten Pullover aus. Darunter trug sie den knappsten BH, den man sich vorstellen konnte. Als sie den

BH auszog, sackte nichts herunter. Rudolf fragte sich, ob die Feuerwehrleute so abgelenkt sein würden, wie er es war. Er blickte entschlossen in eine andere Richtung, schlug kleine Breschen in den Ziegeliglu und hoffte, daß das Feuer schneller und heißer brennen würde.

Lilith warf eine Jacke über die Schultern und ging hinaus zum Tor, wo das Sirenengeheul wimmernd erstarb.

»Was treiben wir hier eigentlich, wenn sie reinkommen?« fragte Rudolf.

»Frei Schnauze«, sagte Flaherty. »Sagen Sie nichts, bis sie uns einen Tip gibt.«

Rudolf schaute auf die Uhr. Seit sie den Scheiterhaufen entzündet hatten, war eine Viertelstunde vergangen. Das Feuer schien heißer zu werden. Flaherty zog den Gebläseschlauch auf der einen Seite heraus und steckte ihn in ein Loch auf der anderen Seite. Rudolf verstopfte die erste Öffnung.

»Die Hitze muß gleichmäßig sein«, sagte Flaherty.

»Natürlich ist das Umweltverschmutzung«, sagte Lilith laut. »Aber für eine gute Sache. Wir experimentieren mit Verbrennung bei hohen Temperaturen. Wo ist der Rauch jetzt?«

Lilith war wieder im Haus, umgeben von freiwilligen Feuerwehrleuten. Sie trug hautenge Hotpants und im Haar ein Schmuckstück. Die Feuerwehrleute beachteten Rudolf und Flaherty nicht.

»Rauch?« sagte schließlich einer von ihnen. »Ah, ja. Bis wir hier waren, gab es keinen mehr. Was war das für ein Gestank?«

»Müll von einer ganzen Woche«, sagte Lilith. »Wir arbeiten an einem Verfahren für Hausbesitzer, das ermöglicht, daß sie alles wieder in die Erde tun können, samt Knochen. Sie wissen ja, wie groß jetzt organische Bebauung ist.«

»Ja«, sagte ein Feuerwehrmann bewundernd. »Groß sind sie wirklich.«

Rudolf fand sie durchaus nicht groß, aber sehr hübsch. Er drehte den Kopf und sah, daß auch Flaherty die Aussicht bewunderte. Manche Feuerwehrleute gewöhnten sich so an den Anblick von Liliths Vorbau, daß sie ab und zu Blicke auf Rudolf und Flaherty warfen.

Lilith führte in professioneller Weise vor, wie ihr plötzlich aufging, daß sie halbnackt war.

»Oh!« kreischte sie und kreuzte die Hände über ihre festen jungen Brüste. Die Aufmerksamkeit der Feuerwehrleute war wieder auf sie gerichtet, während sie verzweifelt etwas suchte, das sie überstreifen konnte. Schließlich fand sie Rudolfs Jacke und zog sie so an, daß Rudolf mehr davon begeistert war als bei der Nacktheit zuvor. Den Feuerwehrleuten ging es nicht anders.

Das Feuer brüllte weniger laut. Rudolf vermutete, daß das Wachs verbrannte. Er schaute auf die Uhr. Vierzig Minuten. Mensch, dachte er, sie hat sie fast eine halbe Stunde hingehalten.

Aber die Feuerwehrleute interessierten sich jetzt für den Ziegelofen. Sie drängten sich um ihn und stellten unbequeme Fragen.

»Wo ist die Beschickungsöffnung, wenn das ein Müllverbrenner sein soll?«

»Das ist nur ein Versuchsmodell«, erwiderte Flaherty. »Deshalb machen wir das nachts. Wollten die Herren nicht mit dem Rauch belästigen. Haben Sie ihn bis im Ort gesehen?«

»Nein. Wir haben einen Anruf bekommen. Das waren nicht Sie?«

Flaherty lachte herzlich.

»Das wird der alte Riordan sein«, meinte der Ire. »Er ist ein Industriespion von einem Unternehmen, das unsere Patente stehlen will. Drüben im Sumpf hat er ein richtiges Observatorium eingerichtet. Ziemlich trocken jetzt. Ich kann die Herren wohl nicht veranlassen, das Gras wegzubrennen, bevor das ernsthaft eine Brandgefahr wird?« Der Ire wischte den Schweiß von der Stirn und richtete unschuldige blaue Augen auf die Feuerwehrleute. »Wär' vielleicht ganz gut, wenn einer mal ein bißchen gehetzt wird, wenn er herumläuft, falschen Alarm schlägt und anständige, brave Familienväter mitten in der Nacht aus dem Schlaf reißt, daß die armen Frauen sicher ganz erschrocken sind. Ah, wenn ich nur einen Augenblick hier wegkönnte und den Kerl –«

Einen Augenblick lang glaubte Rudolf, es könnte klappen, aber die Feuerwehrleute interessierten sich zu sehr für Liliths Brustumfang.

»Noch zu feucht zum Wegbrennen«, sagte einer.

Das Feuer war inzwischen fast erloschen. Rudolf fragte sich, ob die Leiche noch erkennbar sein würde. Die Flamme erstickte, als der letzte Rest Wachs schmolz. Rudolf schaltete das Gebläse ab, und sie betrachteten erwartungsvoll den glühenden Iglu.

»Sehen Sie jetzt nach, ob das Zeug verbrannt ist?« fragte ein Feuerwehrmann.

Rudolf zuckte schuldbewußt zusammen, dann fiel ihm ein, daß der Mann eine Wochenmenge Müll meinte. Es war natürlich, daß Müll Knochen enthielt. Rudolf betete darum, daß sie nicht auf Anhieb erkennbar sein würden. Die Ziegel glühten noch.

»Müssen warten, bis alles ganz abgekühlt ist«, sagte Flaherty, wohl in der Hoffnung, die Feuerwehrleute würden die Geduld verlieren und heimfahren. Lilith knöpfte sittsam ihre Jacke zu, aber es half nichts. Die Männer waren zum erstenmal seit Monaten aus den Betten geholt worden und gedachten nicht abzuziehen, bis sie in den glühenden Ziegeln herumgestochert hatten. Rudolf verfluchte Riordan stumm.

Die Männer standen herum und scharrten mit den Füßen. Schließlich waren die Ziegel abgekühlt, und Flaherty konnte nicht länger warten. Rudolf blickte heimlich auf die Uhr. Eine Stunde und vier Minuten, seitdem sie das Feuer angezündet hatten. Ein Feuerwehrmann stieß versuchsweise an den Iglu. Er brach sofort zusammen, und eine Aschenwolke wirbelte hoch.

Lilith fing Rudolfs Blick auf und deutete auf ihre Zähne. Flaherty sah das und nickte unmerklich. Wenn ein halbes Dutzend Feuerwehrleute herumstocherte, hoffte Rudolf, daß sie jeden Zahn finden und einstecken konnten, der das Inferno überstanden haben mochte.

Nach zehn nervenzerrenden Minuten waren die Feuerwehrleute endlich abgefahren. Man hatte keine Zähne und nur zwei Schenkelknochenreste gefunden, die Flaherty zertreten hatte, bevor jemand von der Feuerwehr anatomische Überlegungen anzustellen vermochte. Sie schaufelten die Asche auf und verstreuten sie auf ihrem Aluminiumbeet. Flaherty holte den Schlauch und spritzte es ab.

Lilith griff nach BH und Bluse, und einen Augenblick lang glaubte Rudolf, sie werde die Jacke vorher ausziehen, aber das tat sie nicht.

»Jetzt brauche ich einen Schluck«, sagte sie. Rudolf merkte, daß er auch einen vertragen konnte.

Auf der Heimfahrt wurde ihm bewußt, daß er das junge Opfer in die Sache hineingezogen hatte. Sein Gewissen hätte ihn eigentlich martern müssen, aber im Augenblick fühlte er nur Erschöpfung.

Es war fast hell geworden. Sie lungerten mürrisch im Haus herum und sprachen vom Bett, aber keiner tat den ersten Schritt.

Lilith trug immer noch Lockenwickler. Sie suchte ihren Kosmetikkoffer und fand ihn endlich.

»Habt ihr vielleicht ein Zigarettenetui gesehen?« fragte sie. »Ich weiß noch, daß ich es in die Küche gelegt hatte.«

»Wertvoll?«

»In der Pfandleihe bekomme ich vielleicht zwanzig Dollar dafür«, meinte Lilith achselzuckend.

»Wie sah es aus?« fragte Rudolf stirnrunzelnd.

»Zigarettenschachtelgroß. Schwarz mit Silberkante.«

Rudolf rannte hinauf. Er schaute vorsichtig ins Badezimmer und sah es in einer Ecke hinter der WC-Schüssel liegen. Er schob einen Besen durch die Tür und zog es heran. Das Etui war mit Schleim bedeckt. Er hob es mit einem Taschentuch auf und trug es hinunter, wobei er sich bewußt war, daß er etwas von ähnlicher Form und Größe in der Tasche trug.

»Jetzt wissen wir, warum es passiert ist«, sagte er.

Lilith schnitt eine Grimasse, als sie den Schleim berührte.

»Der Hippie hat es mitgehen lassen?« fragte Flaherty.

Rudolf nickte.

»Und Tuchi hielt es für etwas anderes.«

»Zwanzig Dollar für sein Leben«, sagte Flaherty nachdenklich. »Er hätte aufhören sollen, als er noch im Vorteil war.« Rudolf und Lilith legten die Finger an ihre Lippen.

»Ich glaube, Sie sollten Ihre widerstandsfähige Hefe vergessen«, sagte Rudolf nach langem Schweigen, »und sich darauf konzentrieren ... Diese verdammten ›Wanzen‹!« brauste er auf. »So kann man doch nicht leben!« Er sah Lilith an. »Kennen Sie jemand?«

Sie zog die Brauen zusammen, dann griff sie nach dem Telefon. Sie wählte elf Ziffern und sagte dann: »Sid, könnten Sie für ein paar Freunde von mir den Kammerjäger machen?« Ein paar Augenblicke wurde Rätselhaftes gesprochen, dann sagte sie: »In vier Stunden ist er hier.«

Flaherty war so schlaflos wie die anderen. Als es dämmerte, gab er auf und fuhr zu seinem Labor. Lilith nahm ihre Lockenwickler ab, während Rudolf Kaffee kochte. Sie hatte enge Hotpants und einen weiten Pullover an. Rudolf fragte sich, was sie mit Tuchi anfangen sollten.

Der Inkubator steckte in seiner Tasche. Wo sonst konnte er ihn verstecken? Er nahm sich fest vor, ihn nie ins Badezimmer mitzunehmen. Und dabei konnte Tuchi überall sein!

Lilith hatte den Schleim von ihrem Etui gewischt, das zugleich Feuerzeug war.

»Funktioniert nicht«, sagte sie.

»Vielleicht ist der Tank leer.«

Sie gab Rudolf das geöffnete Etui. Das Innere war zertrümmert und zu seltsamen neuen Formen erstarrt.

»Ganz klar«, sagte Rudolf. »Was auch –« Plötzlich fielen ihm die ›Wanzen‹ ein. Er ging zur Schreibmaschine und tippte: ›Was ihn entzweigeschnitten hat, war ein Hitzestrahl, heiß genug, um zu kauterisieren. Kein Blut.‹

Lilith nickte. Rudolf spielte mit dem Etui herum. Das Plastikgehäuse fiel auseinander, und er hatte das Innere in der Hand, ein winziges Metallgerippe mit kleinen Stückchen von geschmolzenen Plastikteilen. Er bog das Metall, und sie lösten sich ab. Für ein so dünnes Metallstück war es erstaunlich starr. Das Aluminiumblatt konnte nicht viel dicker sein als – er holte eine Rasierklinge und merkte bald, was härter war.

Es klopfte an der Tür. Ein Mann mit Bürstenhaarschnitt und dicker Brille fragte: »Ist Miss Lasky da?«

Lilith tauchte auf und legte den Finger an die Lippen. Der Fremde ging mit einer Frequenzsonde durch das Haus. Sie hatte die Größe eines Tischfeuerzeugs. Ein Lämpchen leuchtete auf. Er ging dorthin, wo es am hellsten leuchtete, und zog hinter einer Türleiste ein kleines Mikrofon hervor. Er zog ein Transistorradio aus der Tasche und ließ es auf dem Küchentisch neben dem Steckmikrofon leise spielen.

Eine Stunde später lag ein Dutzend ›Wanzen‹ auf dem Tisch, von denen jede einer anderen Tonquelle lauschte.

Der Fremde stand vier Meter von der Mikrofonsammlung entfernt und sagte: »Ich glaube, das Haus ist jetzt sauber. Soll ich noch etwas machen?«

Lilith sah Rudolf an.

»Die Kiesgrube?« fragte sie.

Rudolf nickte.

»Lilith kann auf's Haus aufpassen und dafür sorgen, daß nichts mehr nachgeliefert wird.«

»Nicht nötig, solange Sie sie davon überzeugen können, daß die hier funktionieren«, sagte der Mann.

Rudolf lotste den Entwanzungs-Fachmann zur Kiesgrube hinaus.

Flaherty ging herum und dröhnte mit Baßstimme Blasphemien, während er mit einem Mikrotom hantierte.

»Ich glaub', ich hab' da was«, sagte er; dann sah er plötzlich den Fremden.

Rudolf legte die Finger an die Lippen, und Flaherty arbeitete weiter. Der Kurzgeschorene schwenkte seinen Zauberstab und entdeckte Mikrofone. Er baute sie dort auf, wo die Maschinen am lautesten lärmten.

Flaherty hüpfte so fröhlich im Labor herum, daß Rudolf vermutete, er habe wieder getrunken. Die Geschäftigkeit des Iren hatte aber einen Grund.

»Sehen Sie das?« Er schwenkte etwas vor Rudolfs Nase, was nach winzigen Hobelspänen aussah.

»Was ist das?«

Aber Flaherty erinnerte sich plötzlich an den Fremden und schwieg.

»Damit ist das Problem für eine Weile gelöst«, sagte der Fremde. »Aber ich sollte jede Woche einmal vorbeikommen, wie ein richtiger Kammerjäger. Wollen Sie Alarmgeräte?«

»Haben Sie etwas, was alle Leute fernhält?«

»Nichts kann einen geduldigen und entschlossenen Profi aufhalten. Ich komme nächste Woche wieder.«

»Was bin ich Ihnen schuldig?«

»Allerhand. Sie bekommen meine Rechnung.« Sid gab ihnen die Hand und fuhr davon.

»Was haben Sie mir vorhin gezeigt?« fragte Rudolf.

»Gelatine in Kunstharz«, sagte Flaherty.

»Sehr interessant.«

»So bringt man eine aluminophage Bakterie dazu, stillzuhalten, während man sie so dünn schneidet, daß man hindurchsehen kann.«

»Und wie sehen sie aus?«

»Bemerkenswert undeutlich. Mit dem optischen Mikroskop habe ich alles gemacht, was sich machen läßt, jetzt brauche ich etwas Besseres.«

»Ein Rastermikroskop?« fragte Rudolf.

»Nein. Die sind gut für dreidimensionale Betrachtung, und man kann sich dickere Proben ansehen, aber sie reichen nur bis tausend Diameter – nicht viel besser als ein gutes Lichtmikroskop. Nein, ich muß in ein Chromosom hineinblicken können.

Ein Elektronen-Transmissions-Mikroskop nimmt das ganze Bild auf einmal auf, wie eine Kamera oder ein menschliches Auge – ohne Rastertechnik. Es kann bis zu einer Million Diameter gehen und in manchen Fällen sogar ein Atom sehen. Die Probe muß aber so dünn sein, daß ein Elektronenstrahl hindurchscheinen kann. Und man stößt auch noch auf andere Probleme.«

»Nämlich?«

»Elektronen sind nicht so sehr viel kleiner als das, was wir betrachten wollen. Das ist so, als werfe man Tomaten auf einen Mann, der vor einer Mauer steht. Man bekommt eine Silhouette, wo sie die Mauer nicht treffen, aber sie ist verschwommen. Und wenn man die Probe zu lange im Gerät läßt oder zuviel Stromspannung gibt, zerstört man sie.«

»Ich sehe noch ein Problem«, sagte Rudolf.

»So?«

»Woher nehmen wir ein Elektronenmikroskop?«

»Ich brauche es nur eine Viertelstunde, um ein paar Vermutungen zu bestätigen.«

»Sie weichen aus.«

»Gar nicht. Fahren wir heim.«

Sie schalteten Licht und Maschinen aus und stiegen in den Laster.

Lilith hatte schon eine Mahlzeit vorbereitet, als sie heimkamen.

»Probleme?« Rudolf deutete die Treppe hinauf.

Lilith schüttelte den Kopf.

»Aber wenn Sie glauben, daß ich je wieder das Bad benütze, täuschen Sie sich.«

Vor sich hinmurrend, zog Flaherty sich mit einem Eimer warmem Wasser in sein Zimmer zurück. Einige Zeit später kam er frisch rasiert und gebadet herunter, in dem Anzug, den er zuletzt getragen hatte, als Rudolf eine Million im Monat zurückgewiesen hatte.

»Sie haben die ganze Nacht nicht geschlafen«, sagte Rudolf. »Sie fahren doch jetzt nicht fort, oder?«

»Ich habe im Labor gedöst.«

Rudolf aß zerstreut und wünschte sich ein Haus, in dem er das Badezimmer zu benützen wagte.

»Wieviel am Tag sind eine Million im Monat?« fragte er.

»Zweiunddreißigtausendzweihundertachtundfünfzig Dollar und sechsundvierzehntel Cent«, antwortete Flaherty sofort.

»Sie sind auch noch ein menschlicher Computer?« staunte Rudolf.

»Nein, mein Lieber. Ich habe schon darauf gewartet, daß Sie mich das fragen würden.«

»Wo fahren Sie hin?«

»Zu einem kurzsichtigen Freund«, erwiderte Flaherty fröhlich. »Wenn ich recht habe, sind unsere Sorgen vorbei.«

»Dann sind wir unabhängig vom –« Die Gewohnheit hielt Rudolf davor zurück, den Inkubator zu erwähnen. Seine Hand in der Tasche erinnerte sich plötzlich an das versengte Metallstück aus Liliths Zigarettenetui. »Was halten Sie davon?« fragte er und erklärte, was geschehen war.

Flaherty zuckte die Achseln und steckte es ein.

»Ihr jungen Leute findet sicher einen Weg, um euch zu amüsieren«, sagte er feixend und ging.

»Post«, sagte Lilith, als sie allein waren.

Rudolf sortierte das Zeug und bemühte sich, nicht auf Liliths hübsches Gesäß zu achten, während sie abspülte. Ein Brief hatte den Poststempel der winzigen Reservatsstadt, wo Rudolf zur Schule gegangen war.

›Lieber Mitschüler –‹ Es war ein Bettelbrief.

»Mensch!« murmelte er.

»Haben Sie was gesagt?«

»Nein.« Rudolf zerknüllte den Brief und schaltete den Fernseher ein.

». . . auch der Ursprung gewesen sein mag, hat sich endlich ins Meer gespült«, sagte ein Sprecher, »wo es unter den zahllosen Schmutzstoffen von Groß-New York nicht mehr auffällt.« Rudolf hätte dem Sprecher zu gern gesagt, wo es in Wirklichkeit war. Er schaltete um und hörte wieder Nachrichten. Diesmal begriff er, daß er das rasch wachsende Skelett von St. Audreys neuem Gebäude vor sich hatte.

»Ich spreche nicht gerne davon«, sagte Lilith plötzlich, »aber Männer und Frauen – auch bei Minderheiten – haben immerhin eines gemeinsam.«

Rudolf sah sie fragend an.

»Was machen wir, um zu einer Toilette zu kommen?«

Rudolf versuchte sich zu konzentrieren. Tuchi hatte einen Hitzestrahl, aber er kannte die Reichweite nicht. Fest stand für ihn nur, daß er das Badezimmer nicht mehr betreten würde.

»Haben Sie keine in Ihrem Camper?« fragte er.

»Die hat man herausgenommen, damit eine Dunkelkammer reinpaßte.«

Rudolf ging hinaus in den Garten, wo eine Markise flatterte. Er kam zurück mit einem Plastikeimer an einer Stange.

»Wozu ist das andere Stück Seil?« fragte Lilith.

»Auslöseschnur.«

»Nicht elegant, aber sicher praktisch.«

Kurze Zeit später sah die unausweichliche Forderung des Biologischen Rudolf an einem Ende der Stange, den Plastikeimer am anderen. Ihn in die WC-Schüssel zu entleeren, ohne etwas zu verschütten, war ungefähr so, als wolle man mit einer dünnen Angelschnur und einem kleinen Haken einen Riesenfisch fangen.

Das Problem verkomplizierte sich, als die Schnur sich unter dem Sitz der Schüssel verfing. Rudolf murmelte Flüche in Sioux und Englisch und hob den Eimer, um ihn zu befreien. Es gab einen blauen Blitz und einen Knall, als sei eine Handgranate in einem Sarg explodiert. Als Rudolf den Vorfall später rekonstruierte, war er sicher, daß er den Eimer ohnehin hätte fallen lassen, aber diese Peinlichkeit blieb ihm erspart, als Eimer, Inhalt, Auslöseschnur und die letzten fünfundvierzig Zentimeter Stange schlagartig verschwanden.

10

Unten goß ihm Lilith ein Glas irisches Beruhigungsmittel ein.

»Sie können nicht behaupten, Sie hätten nicht gewußt, daß es nicht geladen war«, sagte sie.

Rudolf schwieg. Die Falle war so aufgebaut gewesen, daß er plötzlich und unwiderruflich den Kopf verlieren mußte, wenn er so unvorsichtig gewesen wäre, sich auf den Thron zu setzen. Er ging wieder hinauf. Mit der Stange stochernd, stellte er fest, daß das Feld über der Schüssel lag und einen Durchmesser von etwa einem Meter hatte. Manchmal schnappte es nach seiner Stange, manchmal nicht. Er konnte nicht erkennen, was es auslöste.

Schließlich schlug er aufgebracht zu und wurde wieder mit dem blauen Blitz und dem Weltuntergangsknall belohnt. Unten untersuchte er das Stangenende. Es war das übliche Aluminium, wie es für Fernsehantennen und Gartenmöbel verwendet wurde. Das Ende, mit dem er durch das Feld gefahren war, hatte sich jetzt in dieselbe superharte Verbindung verwandelt wie Liliths Etui.

Das Telefon läutete. Als ein Mann Miss Lasky verlangte, gab er ihr den Hörer. Lilith lauschte lange und versuchte immer wieder, ein Wort einzuwerfen. Sie sah Rudolf an und zog verzweifelt die Brauen hoch.

»Also gut«, sagte sie schließlich.

»Was ist los?« fragte Rudolf, als sie aufgelegt hatte.

»Auflauf vor der Johns-Hopkins-Klinik. Ein Haufen von Langhaarigen behauptet, daß sie dort vivisezieren oder so was.«

»Sie fahren hin? Ist das nicht gefährlich?«

»Ich komme wieder, sobald ich kann«, versprach sie, sammelte ihre Sachen ein und war endlich fertig. »Machen Sie kein so trauriges Gesicht«, sagte sie. »Ich komme wirklich zurück.« Und Rudolf stand unter der Tür und fragte sich, ob sein nacktes Bedürfnis wirklich so auffällig gewesen war. Warum sonst hätte sie ihn geküßt? dachte er.

Er versuchte die wunderbar konstruierte Fotografin zu vergessen und sich auf eine andere Weiblichkeit in seinem Leben zu konzentrieren. Es mußte einen Weg geben, mit Tuchi Frieden zu schließen. Es gab einen ganz einfachen. Aber wo würde er ohne den Inkubator sein? Wieder im Reservat.

Plötzlich begriff Rudolf, daß es einen Weg gab. Er ging wieder hinauf zur Badezimmertür.

»Tuchi«, rief er, »ich kann dir den – ich kann dir nicht geben, was du haben willst, aber ich habe jetzt genug reines Aluminium. Ich gebe dir alles, was du willst. Tuchi – bist du da?« Keine Antwort. Rudolf stocherte mit der Alu-Stange und brannte wieder zweieinhalb Zentimeter weg. Er versuchte es noch ein paarmal, bekam aber von dem fremden Wesen keine Antwort.

Er schaltete den Fernsehapparat ein und suchte die Spätnachrichten. Wie Lilith gesagt hatte, schrien zornige Langhaarige vor einem Gebäude herum, das Spuren von einem griechischen Tempel an sich hatte und von dem er erfuhr, daß es das Johns-Hopkins-Medizentrum war. Die Polizei schien sich nicht aufzuregen. Niemand sonst kümmerte sich darum. Männer in weißen Kitteln hasteten mit Büchern und Aktentaschen hin und her und blickten ab und zu verlegen in die Kameras. Ein stämmiger Mann mit buschigen Brauen im weißen Labormantel, der einen dicken großen Umschlag in der Hand hatte, blieb oben an der Treppe stehen, starrte in die Kamera, winkte und lächelte. Rudolf hätte schwören mögen, daß es Flaherty gewesen war.

Das unverwechselbare Geräusch des Kipplasters näherte sich. Augenblicke später kam Flaherty herein.

»Wie haben Sie das gemacht?« fragte Rudolf. »Sind Sie geflogen?«

»Was gemacht?«

Rudolf deutete auf den Bildschirm, wo sich noch immer Langhaarige drängten und wütend schrien.

»Wer warten kann, bekommt alles«, sagte Flaherty. »Aber es geht schneller, wenn man vorausplant.«

»Sie haben einen Aufruhr inszeniert, nur damit Sie während des Durcheinanders ein Mikroskop benützen konnten?«

»Ich hab' in Irland schließlich was gelernt«, meinte Flaherty bescheiden.

»Aber Sie haben Ihr Gesicht gezeigt. Warum mußten Sie mir zuwinken?«

»Ich habe nicht Ihnen zugewinkt, mein lieber Junge.«

»Ach so!« Rudolf vermutete, daß der Ire aus irgendeinem Grund der goldenen Horde eine lange Nase gedreht hatte.

»Was haben Sie herausgebracht?«

»Ich weiß jetzt, wie man einer Doppelhelix einen Sterbebefehl einprogrammiert.«

»Mich würde mehr eine Kultur interessieren, die nicht stirbt.«

»Wo wären wir denn, wenn wir eine entwickeln würden, und unsere seltsamen Freunde bekämen sie in die Hand? Außerdem haben wir andere Eisen im Feuer.«

»Ich wäre beinahe verbrannt, als Sie nicht hier waren.«

Flaherty bemerkte erst jetzt, daß sie allein waren.

»Wo ist die liebliche, lüsterne Lilith?« fragte er.

»Unterwegs, um über Ihren Aufruhr zu berichten.«

Flaherty lachte.

»Was ist wichtiger als eine Kultur, die nicht stirbt?«

Flaherty warf ihm das Metallstück aus Liliths Feuerzeug hin.

»Damit werden Sie so reich wie mit dem Aluminophagen, wenn Sie lernen, das herzustellen«, sagte er.

»So etwa?« sagte Rudolf und gab Flaherty das Ende der Stange.

»Was ist passiert?«

Rudolf berichtete.

»Warum ist das so wichtig?«

Flaherty fand Tullamore Dew und füllte ein Glas.

»Die Kristallstruktur könnte ich nie erklären«, sagte er, »aber sie ist extrem lang, extrem gleichmäßig. Was sagt Ihnen das?«

»So weit bin ich nie gekommen.«

»Superhart, superstark, superverformbar. Wenn St. Audrey genug von dem Zeug in die Hände bekommen könnte, wäre er in der Lage, ein meilenhohes Gebäude mit zentimeterdicken Wänden zu bauen. Der Unterschied für die Architektur ist der Sprung von der Strohhütte zur Großen Pyramide!«

»Genau das, was wir brauchen«, murrte Rudolf, »noch mehr Gebäude!«

»Wenn die Leute sich vermehren wie die Hefe, muß jemand die Behälter bauen für sie.«

»Wie wollen das St. Audrey verkaufen?«

»Ich dachte eher daran, es ihm zu schenken.«

»Wir stehen doch auf derselben Seite, oder?«

»Ja«, sagte Flaherty. »Denken Sie an den Spaß, den er haben könnte, wenn er herausfinden will, wie das gemacht wird. Da hätte er sicher keine Zeit mehr, sich um den Aluminophagen zu kümmern.«

»Und wenn er dahinterkommt?«

»Es geschieht durch Blitzerhitzung, gefolgt von Blitzkühlung.«

»Das gibt es nicht.«

»Bei unseren derzeitigen Kenntnissen ganz gewiß nicht. Aber ich hätte nichts dagegen, daß die goldene Horde sich bei dem Versuch aufreibt, das zu erfahren.«

»Haben Sie deshalb der Kamera zugewinkt?«

»Deshalb habe ich auch den Film nicht aus der Kamera des Rastermikroskops genommen.«

»Sie haben ein Bild des sich reinrassig vermehrenden Aluminophagen zurückgelassen!«

»Ich sagte *Raster*mikroskop«, sagte Flaherty. »Ich habe dafür gesorgt, daß die Kamera nicht lief, als ich in einem anderen Raum meine Proben im *Transmissions*mikroskop betrachtet habe.«

»Was haben Sie erfahren, daß Sie so erfreut sind?«

»Erinnern Sie sich, was nach meiner Meinung ausgeschlossen war – daß mehr Energie herauskam als hineinging?« Auf Rudolfs Nikken fuhr er fort: »Na, die kleinen Halunken leben nicht acht Tage und sterben dann. Sie leben nur vier Stunden.«

Rudolf sah ihn verständnislos an.

»Darwin wäre zusammengebrochen. Sofortevolution.«

Rudolf seufzte. Früher oder später würde der Ire sich wohl auch wieder verständlich ausdrücken.

»Was mich beirrt hat, war die reinrassige Vermehrung«, meinte Flaherty. »Tuchi wollte uns wahrscheinlich nicht bewußt irreführen, aber die Mentalität hat viel damit zu tun, wie man ein Problem anpackt. Ich ging davon aus, daß reinrassige Vermehrung richtig und angemessen sei. Diese Art umgeht die Beschränkungen der Solarkonstante, indem sie sich eben *nicht* reinrassig vermehrt.« Flaherty lachte. »Wie man sich doch in der Semantik verfangen kann. Die Mathematik der Bakterien unterscheidet sich von der unsrigen.« Flaherty atmete tief ein, schenkte Whisky nach und fuhr fort: »Zwei ist gleich eins. Das ist sexuelle Fortpflanzung: unendliche Möglichkeiten der Mischung von Genen zur Erlangung größerer Vielfalt. Der Sex war die allergrößte Erfindung überhaupt. Tiere entwickeln sich vieltausendmal schneller, als früher durch Sprossung oder Teilung, wo einer sich in zwei teilt und nie die Gelegenheit besteht, fremdartige Gene zu kombinieren, nur um zu sehen, ob der Kleine gelb oder braun oder wuschelhaarig wird.«

»Ich habe den deutlichen Eindruck, daß Sie versuchen, mir etwas mitzuteilen«, sagte Rudolf.

»Gewiß. Unser Aluminophage vermehrt sich geschlechtlich.«

»Freut mich für ihn.«

»Sie leben vier Stunden, fressen ein bißchen Aluminiumoxyd, befördern es etwas zur Umwandlung, kopulieren und sterben.«

»Warum sind die Leute immer so extrem?« meinte Rudolf.

»Die nächste Generation vermehrt sich nicht reinrassig. Sie hat sich gerade so weit entwickelt, um das teilweise umgewandelte Aluminiumoxyd zu nehmen und noch ein Stück weiter zur Umwandlung in reines Metall zu bringen. Dann stirbt sie, und ihre Nachkommen sind verändert genug für den nächsten Schritt. Darwin und Huxley hätte der Schlag getroffen.«

»Wie bringen Sie ein Elektron von einer engen Bahn mit schwacher Energie stufenweise auf eine weite Bahn mit hoher Energie?« fragte Rudolf. »Ich dachte, das sei wie ein Quantensprung.«

»Wie Sie der jungen Dame in den Federn erklärt haben: ›Es funktioniert‹.« Flaherty kratzte sich an der Nase. »Vielleicht entwickeln sie Generation um Generation eine Art Hebelkraft, bis das Elektron endlich herausspringt.« Er füllte das Glas.

»Sie haben das Problem sehr schön dargestellt«, sagte Rudolf. »Was können wir nun tun?«

»Das Problem zu begreifen, sind neunzig Prozent der Lösung«, sagte Flaherty. »Post gekommen?«

»Bettelbrief für mich. Wieder ein Einschreibebrief für Sie.«

Flaherty zerriß den seinen, ohne ihn zu öffnen.

»Was ist mit den Fühlern, die wir ausgestreckt haben?«

»Eine Farbenfabrik glaubt, den Schlick verwenden zu können, ohne daß wir ihn pressen müssen. Könnte etwas werden.«

»An wieviel sind sie interessiert?«

»Sie wollen dreimal so viel wie wir hervorbringen.«

Flaherty lächelte.

»Wir werden bald vor dem erfreulichen Problem stehen, wo wir unser ganzes Geld unterbringen sollen.«

»Glauben Sie, die goldene Horde kann ein Konto in der Schweiz einfrieren?«

»Mit etwas Zeit kann die alles. Wir könnten es ein bißchen verteilen und etwas nach Mexiko geben.«

»Soll das ein Witz sein?«

»Der Peso ist gesünder als der Dollar«, meinte Flaherty. »Und es gibt zehn Prozent Zinsen.«

Rudolf schüttelte den Kopf und berichtete von seinem erfolglosen Angebot an Tuchi. Sie gingen hinauf zur Badezimmertür, und Flaherty verbrachte zehn Minuten damit, eine leere WC-Schüssel anzuflehen. Schließlich gaben sie auf und legten sich schlafen.

Das Leben wurde zu einem Ablauf harter körperlicher Arbeit, erträglich nur, weil sie Geld in Beträgen anhäuften, wie Rudolf sie nie für möglich gehalten hatte. Er hatte eine Buchprüferfirma in New York beauftragt, von der Flaherty ihm versichern konnte, daß sie in Gegnerschaft zur goldenen Horde stand, und brauchte sich nun nicht mehr um die Buchhaltung und die vierteljährlichen Einkommensschätzungen zu kümmern. Rudolf hätte gern Hilfskräfte eingestellt, um zu erweitern, aber Flaherty überzeugte ihn davon, daß man niemanden würde finden können, der nicht von der goldenen Horde zu bestechen war.

»Aber die schleichen sich doch immer noch ein, stehlen Proben und fotografieren uns aus allen Winkeln«, wandte Rudolf ein.

»Richtig.« Flaherty drehte seinen Transistor lauter. Jeder hatte jetzt immer ein Gerät dabei und ließ es mit voller Lautstärke auf verschiedenen Wellen spielen, wenn sie im Freien sprechen mußten, wo Riordans Parabolmikrofone jedes Flüstern auf eine halbe Meile Distanz aufnehmen konnten. In Haus und Labor hatten sie Störgeräte installiert, um die Niederfrequenz-Mikrofone auszuschalten, die Sid einmal wöchentlich aus ihren Verstecken holte.

»Die Hefe sieht jeden Tag besser aus«, sagte Flaherty über dem Gedudel der Radios.

»Zum Teufel mit der Hefe! Ich will einen sich reinrassig vermehrenden Aluminophagen, damit wir jemandem etwas zurückgeben können.«

»Dasselbe Problem«, sagte Flaherty. »Löse ich das eine, habe ich auch das andere.«

»Wann wird das sein?«

»Gestern.«

»Na fein! Fangen wir an.«

Der Ire schüttelte den Kopf.

»Ich weiß, wie es geht. Das reicht.«

»Aber . . .«

»Aber wenn ich es mache, klaut einer unserer nächtlichen Besucher vielleicht eine Probe.« Flaherty zuckte die Achseln. »Mich stört das nicht, aber Sie haben dann kein Monopol mehr.«

»Ist das etwas, was ich auch verstehen könnte – was ich selbst machen könnte, wenn Sie es mir beibringen?«

»Ja, ich denke schon. Später. Wenn wir den Lärm nicht brauchen.«

Sie fuhren heim. Trotz nächtlicher Appelle war Tuchi in der WC-Schüssel nicht mehr aufgetaucht, aber ein gelegentlicher Versuch mit der Stange bewies, daß die Falle noch existierte. Alles lief gut. Zu gut. Wochen waren vergangen, und sie hatten von der goldenen Horde nichts gehört. Es hatte keine Ermittlungen über einen vermißten Hippie gegeben. Lilith hatte sich nicht mehr gemeldet. Und Pamela war, wie versprochen, aus Rudolfs Leben verschwunden.

Als sie sich dem kleinen weißen Haus im Ort näherten, sah Rudolf einen schwarzen Cadillac.

»Da kommt Ärger«, sagte er. Während sie parkten, stieg jemand aus dem Cadillac. Es war Mr. St. Audrey. Er wirkte sorgenvoll.

»Wir haben noch immer nichts zu besprechen«, sagte Flaherty.

»Mr. Redwolf, bitte«, sagte St. Audrey. »Eines Tages sind Sie vielleicht auch Vater.«

»Der Gedanke ist mir schon gekommen«, sagte Rudolf, »aber könnten Sie den Zusammenhang etwas klarer machen?«

»Ich möchte mit Pamela sprechen und wenigstens wissen, ob es ihr gut geht.«

»Warum kommen Sie da zu mir?«

»Ist sie denn nicht hier? Als sie wegging, dachte ich, sie wollte zu Ihnen ziehen.«

Rudolf spürte einen Stich. Er sah Flaherty an. Der Ire starrte St. Audrey an.

»Hab' sie seit Wochen nicht gesehen«, sagte er.

St. Audreys Bühnenidolfassade zerbrach. Er war kleiner, grauer und älter. Er wankte. Rudolf griff nach seinem Arm. Sie führten ihn hinein und zum Sofa. Flaherty füllte ein Glas. Augenblicke später schien es St. Audrey besser zu gehen.

»Verzeihung«, sagte er.

»Warum haben Sie so lange gewartet, bis Sie sie suchten?« fragte Rudolf nach einer Pause.

St. Audrey richtete sich auf und nahm sich zusammen.

»Wir hatten unsere Differenzen«, meinte er. »Aber vergessen Sie nicht, ich habe Sie in die Firma wie in die Familie gebeten. Ich dachte, sie wäre in sicheren Händen.«

»Was hat Sie auf andere Gedanken gebracht?«

»Etwas, das vorne im Wagen liegt. Würden Sie es, bitte, hereinholen.«

Rudolf ging über die Straße zum Cadillac und fand eine neue Ausgabe von ›Life‹. Auf dem Rückweg blätterte er darin und las:

›Ein Sioux macht es dem weißen Mann nach und wird reich.‹

Auf zwei Seiten sah man Rudolf, bemalt und mit Federbüschen, in der Kiesgrube herumspringen. Zwischen anderen Aufnahmen von Flaherty und ihm an Maschinen erfuhr Rudolf, wie er allein die goldene Horde zurückgeschlagen hatte. Obwohl niemand St. Audrey erwähnte, hinterließen die Hinweise auf ein Millionärssyndikat, das ein revolutionäres neues Gebäude errichtete, nur geringe Zweifel, welche Halunken ihn bedrängten.

Als Rudolf wieder im Haus war, hatte er gelesen, daß Lilith sich, um ein Experiment nicht zu gefährden, als seine Braut ausgegeben hatte, um eine schöne, aber namenlose rothaarige Spionin zu entmutigen.

»Sie haben keine Ahnung, wo sie ist?« fragte er.

St. Audrey schüttelte den Kopf.

»Wann ist die Zeitschrift herausgekommen?« fragte Flaherty.

»Gestern. Die Abonnenten werden sie früher bekommen haben.«

Nach einer belanglosen Unterhaltung entfernte sich ihr Erzfeind und nahm das Versprechen mit, daß sie anrufen würden, wenn Pamela auftauchen sollte.

»Glauben Sie wirklich, daß Pamela hierher zurückkommt?« meinte Rudolf.

»Ist es Ihnen wichtig?« fragte Flaherty achselzuckend. »Wenn man bedenkt, daß Sie wie eine frischgefangene Flunder aussehen, muß man das wohl unterstellen. Sie haben mein tiefempfundenes Mitgefühl, mein Junge.«

»Wo kann sie nur sein?«

Zwei Abende später fragte sich Rudolf das noch immer, als das Telefon läutete und St. Audrey sagte: »Wissen Sie, junger Mann, mein Angebot besteht noch immer.«

»Ihr was? Wo ist Pamela? Haben Sie sie gefunden«?

»Pamela? O ja. Sie war auf den Bermudas. Ist gestern zurückgekommen.«

Rudolf erkannte auf einmal, daß nichts sich in Wirklichkeit verändert hatte. Er hatte Pamela mit einem Tritt aus seinem Leben hinausbefördert. Er konnte sich nicht beklagen, wenn sie wegblieb.

»Sie – äh – was sagten Sie?«

»Ich schicke einen Boten mit Papieren«, sagte St. Audrey. »Sehen Sie sich alles gründlich an, bevor Sie Ja oder Nein sagen.«

»Worum ging es denn?« fragte Flaherty.

Rudolf unterrichtete ihn.

»Was ist übrigens aus der Stange geworden, mit der Sie die Falle ausgelöst haben?« fragte Flaherty.

»Sie war so kurz, daß ich sie hinausgeworfen habe.«

»Wohin?«

»Irgendwo in den Garten.«

Flaherty holte eine Taschenlampe und ging hinaus.

»Nicht da«, sagte er, als er zurückkam.

»Sie wollten sie ohnehin St. Audrey geben.«

»Ja, das wollte ich. Vielleicht ist es so besser.« Flaherty summte und murrte vor sich hin. »Bereiten Sie sich auf etwas vor, wenn der Bote kommt«, warnte er schließlich.

»Worauf?«

»Wenn ich das wüßte.«

»Sie sagten, das Zeug sei wichtig.«

»Ist es. Außerdem ist es nutzlos.«

»Wieso?«

»Wissensstand, mein Junge. Wir machen Aluminium, weil das allgemeine Niveau der Technologie die Zeit dafür hat reif werden lassen.«

»Ist das superverformbare, superstarke Material nicht auch eine Frage der Zeit?«

Sicher, aber es wird einige Zeit dauern, bis jemand eine Taschen-Wasserstoffbombe hat, um dreißigtausend Grad Soforterhitzung und -abkühlung hervorzubringen. Außerdem würde es die Großstädte noch dichter bevölkern und die Umweltverschmutzung verschlimmern. Begnügen Sie sich damit, Aluminium, Luft und Geld zu erzeugen.«

Rudolf betastete den Inkubator in seiner Tasche und sagte sich, daß Flaherty recht hatte.

»Wenn wir nur mit Tuchi Frieden schließen könnten«, meinte er.

Es klopfte.

»Jetzt geht's los«, knurrte Flaherty, aber als Rudolf die Tür öffnete, erkannte er den hageren, älteren Mann. Es war der Posthalter des Ortes.

»Sonst stelle ich ja nicht zu, aber weil ich eben auf dem Heimweg war . . .«

Während Rudolf und Flaherty ihn anstarrten, schleppte der alte Mann einen prallgefüllten Postsack herein.

»Im Wagen liegen noch zwei«, sagte er. »Sie scheinen populär zu werden. Sie sollten ein größeres Postfach mieten.«

Als sie Dutzende von Schachteln mit selbstgebackenen Plätzchen ausgepackt, zahllose Heiratsanträge gelesen und auch weniger förmliche Vorschläge studiert hatten, war Rudolf von der Anziehungskraft von ›Life‹ überzeugt.

»Da ist ein Bettelbrief von einer Indianerschule«, sagte Flaherty.

»Wegwerfen.«

»Alle?«

»Wenn das bitter klingt, dann deshalb, weil ich verbittert bin. Meine ganze Familie ist längst an behandelbaren Krankheiten gestorben. Öffnen Sie nichts, was indianisch aussieht. Sehen Sie das Zeug aus New York nur nach einem Tantiemenscheck durch.«

»Einem was?«

»Mein Buch«, sagte Rudolf. »Ich bin immer noch Autor.«

»Jetzt könnten Sie sich einen ganzen Verlag kaufen.«

Wieder wurde geklopft. Diesmal war es St. Audreys Bote.

Rudolf verstand von Frauenmode soviel wie von Kunst. Aber in beiden Fällen wußte er, was ihm gefiel. Pamela trug es und sah so jungfräulich aus wie nur je zuvor.

»Hallo, Rudy«, sagte sie.

Flaherty griff nach dem großen Umschlag, den sie mitgebracht hatte. Es wurde still, man sah sich verlegen an. Flaherty machte ein paar Scherze, während er die Gläser füllte.

»Wie ist es dir gegangen?« fragte Rudolf.

»Gut.« Pamela warf einen Blick auf die Berge von Post. »Was ist denn das?«

»Die Hälfte stammt von Frauen, die ihn heiraten wollen.« Flaherty wies auf Rudolf.

»Das will ich auch, Rudy.«

Rudolf spürte wieder die dumpfe Reservatsmentalität in sich. Warum mußte er nur so argwöhnisch sein? Pamela St. Audrey war nicht auf seinen Reichtum aus. Selbst jetzt würde sie ihn noch in die Tasche stecken können.

»Wann?« fragte er.

Pamelas Gesicht leuchtete so wunderbar auf, daß er wußte, er würde seine Wahl nie bereuen.

»Ist das wirklich dein Ernst, Rudy? Dann gleich morgen. Heute abend noch, wann immer du willst!«

Flaherty blätterte in den Unterlagen aus dem großen Umschlag und reichte Rudolf ein Blatt.

›Überbringer kennt den Inhalt dieser Mitteilung nicht, oder nur ganz allgemein – daß wir zum gemeinsamen Wohl engere Verbindungen wünschen. Überbringer ist hiermit ermächtigt, persönliche Vereinbarungen ohne Rücksicht auf die Erledigung aller anderen Punkte zu treffen.‹

»Was heißt das, Rudy?«

»Wir haben Papas Segen, egal, wofür ich mich entscheide.«

»Und wofür hast du dich entschieden?«

»Wie schon einmal erwähnt, verlasse ich mich völlig auf Doktor Flahertys Urteil.«

Pamela wandte sich dem Iren zu.

»Was meinen Sie?« fragte sie.

»Unterschreiben Sie«, sagte Flaherty.

Rudolf ließ sein Glas fallen. Ohne den sich ausbreitenden Fleck am Teppich zu beachten, sah er genauer hin, um festzustellen, ob Flaherty schon voll war.

»Sieht so aus, als wäre er zur Vernunft gekommen und wollte genauso atmen wie irgendein anderer«, sagte Flaherty. »Ich lasse das natürlich noch von einem unabhängigen Schlupfloch-Fachmann überprüfen, aber es wird Zeit, daß wir aufhören, uns in einer Ecke herumzudrücken; die Sache muß weltweit laufen.«

»Bietet er die gleichen Bedingungen – eine Million im Monat?«

»Noch bessere«, sagte Flaherty. »Er erklärt sich mit der Verzugsklausel einverstanden.«

»Das muß gefeiert werden«, erklärt Rudolf.

»Wunderbar!« sagte Pamela. »Wo fahren wir hin?«

»Zum Supermarkt«, sagte Flaherty entschieden. »Im Umkreis von zwanzig Meilen gibt es kein Lokal, und eine Krawatte zieh' ich heute sowieso nicht mehr an.« Er kritzelte wild und gab Rudolf eine Liste. »Besorgt das, Kinder, und ich koche.«

Pamela leerte ihr Glas auf einen Zug, und Rudolf folgte ihr zum orientalisch-roten Lamborghini. Auf der Liste standen einige Flaschen Tullamore Dew und verschiedene Sorten Mixstoff. Na und? sagte sich Rudolf. Für diesen Tag hatten sie schließlich hart genug gearbeitet.

Als sie zum Haus zurückkamen, hatte Flaherty schon einen Vorsprung, war aber in der Küche noch sehr kompetent. Er teilte Rudolf mit, daß er die Vertragsunterlagen schon an die Buchprüfer in New York abgeschickt hatte.

Rudolf setzte sich zu Pamela, und sie tranken. Mitten im Trinken fiel ihm ein, was er beim letztenmal angestellt hatte. Er stellte das Glas weg und beschloß, nie mehr ein betrunkener Indianer zu sein.

Flaherty tanzte immer wieder herein und füllte nach. Pamela bestand so beharrlich darauf, daß Rudolf Glas für Glas mittrank, daß eine gewisse angeborene Vorsicht ihm die Frage nahelegte, ob der dumpfe Argwohn aus der Reservatszeit nicht doch sein bester Freund sein mochte. Aber egal ... sie waren zusammen, und nur das zählte.

Flahertys Mahlzeit erwies sich als eßbar. Rudolf tauschte volle Gläser gegen leere und blieb dadurch bei Sinnen, während Pamela und der wilde Ire immer voller wurden. In Rudolf stieg der Verdacht auf, das Ganze sei ein eigenartiges Spiel, in dem sein Partner und seine zukünftige Braut noch immer lautlos nach einer Blöße der anderen Seite suchten. Aber je mehr gelacht wurde, desto unsinniger erschien ihm sein Verdacht.

»Rudy, Liebster, du trinkst ja gar nicht.«

Rudolf hätte am liebsten erklärt, er wüßte etwas Besseres mit Pamela anzufangen, aber man wußte ja nie, wie Frauen auf ein so direktes Vorgehen reagieren würden. Plötzlich fiel ihm das Badezimmer ein. Er und Flaherty hatten sich an Eimer und Stange so gewöhnt, daß das ganz automatisch ging, aber wenn Pamela hinaufging ... Rudolf schauderte. Während die beiden wieder auf Aluminium und gute Luft tranken, schlich er hinauf und hämmerte lange Nägel durch die Badezimmertür in den Türstock.

Als er herunterkam, sang Flaherty. Pamela war als Dame nicht mit dem Gesicht vornüber in den Kartoffelbrei gefallen, aber Rudolf sah, daß es keine Schwierigkeiten bereiten würde, sie in sein Bett zu schaffen. Das Problem war höchstens, wie er verhindern sollte, daß sie wieder hinausfloß. Er hob sie hoch, rang mit Schlaffheit und spürte, wie sich seine Rückenmuskeln dehnten. Er packte anders zu und schleppte sie hinauf.

Flaherty sang noch immer Keltenlieder, als er wieder herunterkam. Er überlegte, ob er den Iren auch zu Bett bringen sollte, fand aber, daß er noch nicht ganz so weit war und sich daraus eine Rangelei entwickeln mochte. Angewidert füllte er in der Küche einen Eimer mit warmem Wasser, ging in sein Zimmer und wusch sich.

Pamela, die im Bett lag, stöhnte schwach, öffnete die Augen aber nicht. Rudolf ging wieder hinunter und leerte den Eimer in das Spülbecken. Der Ablauf streikte wieder. Er blieb stehen, bis er sicher war, daß das Wasser langsam ablief. Flaherty sang noch immer. Rudolf biß die Zähne zusammen und versuchte vorbeizukommen.

»Mein lieber Junge«, sagte der Ire. »Ich hab' Sie gewarnt, daß Sie vorbereitet sein sollen.«

»Ja?«

»Ich – ach, schon gut.«

Rudolf ging wieder hinauf. Vor der zugenagelten Badezimmertür blieb er plötzlich stehen. Durch den Spalt unter der Tür floß Wasser. Dann sah er die drei im Dreieck angeordneten schwarzen Punkte. Es war kein Wasser, das da durch die Tür kam.

»Tuchi!« stotterte Rudolf. »Ich habe versucht, dich zu erreichen – um einen Handel abzuschließen. Können wir das nicht bereden?«

»Die Zeit für's Reden ist vorbei«, fauchte das Wesen.

»Was heißt das?« fragte Rudolf betroffen. Wenn Tuchi jetzt einen Hitzestrahl aussandte ...

»Meine Zeit ist gekommen.«

»Zeit wofür?«

»Ich laiche.«

»Jetzt? Äh – wie viele, hast du gesagt?«

»Ungefähr zweieinhalbtausend.«

»Werden sie – äh – nimmst du sie mit, wenn du heimfliegst?« Rudolf fragte sich, wie die Erde aussehen würde, wenn kleine Tuchis durch alle Wasseradern schlüpften und neugierig aus allen Spülbecken und WC-Schüsseln guckten.

»Du hättest das verhindern können«, sagte Tuchi. Der Teil von ihr, der unter der Tür durchgeglitten war, wand sich plötzlich. »Wieder sieben.«

»Sie kommen in Gruppen von je sieben?«

»Wie laicht man sonst?« fauchte ihn Tuchi an.

»Die Frage hat sich mir nie gestellt. Aber wir haben jetzt genug Aluminium – wie du es brauchst. Du kannst haben, soviel du willst.«

»Ich habe schon alles, was ich brauche. Glaubst du, ich konnte es nicht einen halben Kontinent entfernt riechen, wie es wuchs?«

»Was machst du dann hier?«

»Ich brauche den Inkubator, um den abscheulichen Dreck aus dem Antrieb zu holen, den du mir verkauft hast.«

»Oh.« Rudolf überlegte. »Ich muß Flaherty fragen.« Er wollte hinunter.

»Wenn du dich bewegst, bist du so tot wie die Schildkröte, die mich soeben eine Meile stromaufwärts angenagt hat«, versprach Tuchi.

Rudolf hörte Sekunden später einen fernen Knall und glaubte Tuchi. Er zögerte. Pamela schlief. Wenn er den Iren so weit zur Besinnung bringen konnte, um eine andere Meinung zu hören ...

»Flaherty!« brüllte er. »Die Dame hier will Sie sprechen.« Augenblicke danach kam sein Partner murrend die Treppe heraufgewankt. »Es ist Tuchi«, sagte Rudolf.

Flaherty riß die Augen auf.

»Ich möchte das Badezimmer benützen«, sagte er. »Können wir uns nicht einigen?«

»Sie verlangt den Inkubator. Können wir ihn ihr geben?«

Flaherty war plötzlich ganz nüchtern.

»Richtig muß es doch wohl heißen: Können wir ihn ihr *nicht* geben?«

»So habe ich es auch schon betrachtet. Sie haben gesagt, Sie könnten jetzt auch ohne ihn auskommen. Es ist soweit.«

Tuchi wand sich und richtete ihren dreieckigen Kopf auf Rudolfs Schlafzimmertür. Rudolf fragte sich, wie lange die Geduld des Wesens noch reichen würde.

»Also gut«, sagte er. »Wir geben ihn dir.«

»Ich wäre vorsichtig«, begann Flaherty.

»Und tot dazu«, sagte Rudolf.

»Die Entscheidung liegt nicht mehr bei euch«, erklärte Tuchi. »Dein Genosse muß auch mittun.«

»Ich tue mit«, sagte Flaherty hastig.

»Warte nur einen Augenblick«, sagte Rudolf. »Ich hole ihn dir.«

»Das denkst du«, fauchte Tuchi.

»Bestimmt! Er ist in meinem Zimmer.« Rudolf zog das Handtuch um seine Lenden höher und öffnete die Zimmertür. Pamela hatte die Decke über den Kopf gezogen. Er durchsuchte seine Hosentaschen. Wo, zum Teufel, hatte er den Inkubator hingetan? Er hatte ihn doch immer in die Tasche gesteckt.

Tuchi quoll weiter in das Zimmer.

»Du sagtest –?« meinte sie spöttisch.

»Das verstehe ich nicht.« Aber noch während er das sagte, kam Rudolf ein schrecklicher Verdacht. Vorsichtig, um sie nicht zu wekken, schlug er die Decke zurück. Dann riß er sie vom Bett. Pamela war verschwunden. Der Inkubator auch.

»Na, was sagt man dazu?« meinte Flaherty.

»Wer von euch beiden bleibt als Geisel hier, während der andere sich aufmacht, um mein Eigentum zurückzuholen?« fragte Tuchi.

Rudolf hetzte hinunter und auf die Straße hinaus. Der Lamborghini war fort. Er war schon halb im Laster, bevor er die Nutzlosigkeit seiner ganzen Bemühungen einsah. Außerdem konnte er Flaherty nicht einfach seinem Schicksal überlassen. Er lief wieder hinauf.

»Ich warte auf etwas Geniales von Ihnen, wonach Sie das alles geplant haben«, sagte Rudolf zu Flaherty.

»Leider ist das heute nicht mein genialer Tag.« Flahertys verwüstetes Gesicht wirkte plötzlich viel älter. »Ich bleibe«, sagte er. »Viel Glück.«

»Sie glauben, ich kann einen Lamborghini mit einem Kipplaster einholen?«

Der Ire seufzte.

»Nein, bestimmt nicht. Und Northumber wird bewacht sein wie das Coca Cola-Rezept.« Er wandte sich an Tuchi. »Wir unterwerfen uns der Gnade des Gerichts.«

»Was heißt das?«

»Das heißt, du kannst uns schnell oder langsam umbringen«, sagte Rudolf. »Deinen Inkubator bekommst du damit nicht.«

»Meine Geduld dehnt sich dünner als ich«, sagte Tuchi. »Ich werde kleine Stückchen entfernen, bis eure Zugänglichkeit zunimmt.«

»Au!« brüllte Flaherty und begann auf einem Fuß herumzuhüpfen. Seine Schuhspitze rauchte. Hastig löste er die Schnürsenkel.

»Augenblick mal, verdammt!« brüllte Rudolf. »Du bist verantwortlich dafür, daß der Inkubator fort ist. Laß das nicht an uns aus!«

»Wie kommst du zu diesem Schluß?«

»Ich habe dir gesagt, du sollst still sein. Die Toilette habe ich nur gespült, um zu verhindern, daß du alles an die Wanzen verrätst.«

»Es gibt intelligente Insekten auf diesem Planeten?«

»Abhörgeräte«, erläuterte Flaherty. Er hatte den Schuh ausgezogen und stieß pro Sekunde nur noch eine Verwünschung aus.

»Niemand wußte, daß es einen Inkubator zu stehlen gab, bis du dafür gesorgt hast, daß die ganze Welt davon wußte«, fuhr Rudolf fort.

»Und das rotumrandete Wesen, das den Inkubator jetzt hat?«

»Du kannst es orten?«

»Natürlich.«

»Ich kann Zeit für dich sparen«, sagte Rudolf und beschrieb genau den Weg nach Northumber.

»Gibt es dort Kanalisation?«

»Das nehme ich an.«

»Hmmm.« Das Wesen schrumpfte zurück unter die Badezimmertür.

»Warte doch«, schrie Rudolf. »Kannst du mir zeigen, wie die Falle funktioniert? Ich mache einen guten Vorschlag –«

Aber Tuchi war schon verschwunden. Resigniert holte Rudolf Hammer und Zange.

»Was sagt man dazu?« wiederholte Flaherty, als Rudolf wieder heraufkam.

Rudolf fiel nichts ein. Es fiel ihm schwer, zu entscheiden, was ihn mehr schmerzte, Pamelas gemeine Hinterlist oder das Wissen, daß er darauf hereingefallen war.

»Warum haben Sie gesagt, ich soll unterschreiben?« fragte er bitter.

»Hätte das etwas geändert?«

»Ich hätte sie hinauswerfen können.«

»Hätten Sie es getan?«

»Nein«, gab Rudolf zu. »Sie sind süchtig nach Alkohol, ich nach Pamela.«

»Immer noch?«

»Ich weiß nicht. Wie stehen wir mit dem Vertrag da?«

»Wir haben ihn noch nicht unterschrieben. Außerdem bezweifle ich, daß St. Audrey die Welt verändern will. Der Inkubator wird lautlos verschwinden, jetzt, wo er ihn hat. Sie geraten in Mißkredit, als Scharlatan. Niemand wird je glauben, daß wir überhaupt Aluminium hergestellt haben. Der einzige Unterschied ist, daß mehrere Milliarden Menschen an Erkrankungen der Atemwege sterben werden, bevor Krebs oder Hunger sie töten können.«

»Wie stehen wir finanziell da?«

»In der goldenen Horde wären Sie ein armer Verwandter, mein Junge, aber Sie könnten ein paar eigene arme Verwandte unterstützen, ohne das Kapital angreifen zu müssen.«

Rudolf riß den letzten Nagel aus der Tür.

»Bitte sehr«, sagte er.

Flaherty zögerte.

»Vielleicht sollten wir es vorher mit der Stange versuchen –«

»Ich bezweifle, ob ich mich in der Nähe einer Kanalisation je wieder sicher fühle.«

»Richtig«, sagte Flaherty düster. »Mein Gott, was werd' ich morgen für einen Schädel haben!«

Rudolf knüllte die Kissen in seinem Bett zusammen und versuchte zu schlafen. Es mußte doch noch andere schöne Mädchen geben, nicht nur Pamela.

Es dämmerte bereits, als er durch ein Hämmern an der Tür erwachte. Er hörte Flaherty murren und fluchen und versuchte wieder einzuschlafen. Es dauerte einige Zeit, bis er begriff, daß der Ire auf das Klopfen nicht reagierte. Rudolf zog die Hose an und trat hinaus. Flaherty versuchte wie ein ungeschickter Angler einen Eimer in die WC-Schüssel zu kippen.

Rudolf stolperte hinunter und stieß ungeöffnete Säcke mit Liebesbriefen und Heiratsanträgen beiseite. Es dauerte einen Augenblick, bis er den mürrischen Mann im Pfeffer-und-Salz-Anzug erkannte.

»Ja?« sagte Rudolf.

»Ich bin ermächtigt, Erkundigungen über einen Mr. John Wilson einzuziehen, der zuletzt hier gesehen wurde.«

»Nie gehört.«

»Junger Mann, kurze Haare. Vermutlich bewaffnet und gefährlich. Wir haben Grund zu der Annahme, daß er in dieses Haus eingedrungen ist.«

»Sie vergeuden Ihre Zeit«, sagte Rudolf. »Ich habe nie von ihm gehört.« Inzwischen hatte er begriffen, daß Riordan dem Hippie nachspürte, der sich in Tuchis Falle hatte zweiteilen lassen. Plötzlich fiel ihm auf, daß Riordan einen falschen Schnurr- und Kinnbart trug. Rudolf mußte sich die allergrößte Mühe geben, um nicht laut herauszulachen.

Flaherty kam mit dem Eimer heruntergestolpert.

»Brauche eine stärkere Stange«, knurrte er, dann sah er Riordan. Rudolf begriff rechtzeitig und trat zur Seite, als der Ire den Eimer in Richtung des falschen Schnurrbarts entleerte.

»Wenn Sie teilen wollen, können Sie St. Audrey etwas mitbringen«, schrie Flaherty und warf die Tür zu.

Rudolf riß die Augen auf.

»Das war nicht sehr freundlich«, sagte er, als er wieder sprechen konnte.

Flaherty starrte in seinen leeren Eimer.

»Sie haben recht«, sagte er. »Ich hätte ihm wenigstens einen vollen anbieten sollen.« Er wusch sich die Hände und begann Kaffee zu kochen.

Das Telefon läutete. Rudolf nahm den Hörer ab.

»Mr. Redwolf?«

»Ja.«

»Hier Arthur Many Birds. Ich rufe an im Auftrag des Winnebago-Heims für Waisen –«

»Sie hören eine Aufzeichnung«, sagte Rudolf. »Sie haben dreißig

Sekunden Zeit, Ihre Spuren zu verwischen. Bitte, geben Sie den richtigen Absender an, weil die Post bei fehlgeleiteten Sprengstoffsendungen sehr empfindlich ist.« Er gab einen Piepslaut von sich und legte auf. Guter Gott, dachte er, und es ist noch nicht mal sechs Uhr!

Sie frühstückten mürrisch und fuhren zur Kiesgrube. Flaherty vertiefte sich in seine Arbeit, und Rudolf erntete das neueste Wachstum. Augenblicke später kam der Ire aus dem Labor und schwenkte ein Reagenzglas.

»Was gibt es?«

»Die Hefe! Ich habe einen Stamm, der in einer Umgebung von fünfzig Prozent Abfallstoffen überlebt.«

»Und was bedeutet das?«

Flaherty ließ die Schultern hängen.

»Eigentlich nicht viel. Es war ein persönliches Ziel von mir. Die Welt wird wohl erst aufhorchen, wenn ich das bis auf neunzig Prozent steigere.«

»Da es ja jetzt keine Rolle mehr spielt«, sagte Rudolf, der kein Wort verstand, »könnten Sie mir verraten, wie der Inkubator funktioniert?«

Flaherty wischte sich die sokratische Nase und runzelte die Stirn.

»Bei Tuchis Gerät irre ich mich vielleicht, aber ich weiß, wie ich einen bauen würde. Es könnte sein, daß es keinen Laser gibt, der für das Loch dünn genug wäre.«

»Was für ein Loch?«

»Ich habe doch erwähnt, daß sie sich geschlechtlich vermehren, im Gegensatz zu den meisten irdischen Bakterien.«

»Ja.«

»Sie können sich auch durch Teilung vermehren. Es müßte jemand geben, der ein Loch bohren oder ein so dünnes Gitter herstellen kann, daß die geschlechtliche von der ungeschlechtlichen Form getrennt wird.«

Rudolf nahm an, daß der Ire früher oder später etwas Vernünftiges von sich geben würde.

»Das ist wie bei der Geburtenkontrolle – oder bei Kartoffeln im Urwald«, fuhr der Ire fort. »Nehmen Sie Hunde, Menschen, jeden Stamm, der zu hochgezüchtet ist und an Fruchtbarkeit verliert. Solange sie gut ernährt werden, vermehren sie sich nicht. Wissen

Sie, wie eine Hundezucht zu einem Wurf Junge kommt, wenn alles andere versagt?«

Rudolf schüttelte den Kopf.

»Man läßt die Eltern vor der Fortpflanzung drei bis fünf Tage hungern. Nehmen Sie Kartoffeln –«

»Wozu denn, um alles in der Welt?«

»Pflanzen Sie sie in heißes Dschungelland, und Sie erhalten wunderbare Ranken. Irgendwo im Gen gibt es eine gewisse dunkle Weisheit, die sich keine Sorgen macht, bis die erste kalte Nacht oder die erste Hungerzeit erkennen lassen, daß das Paradies nicht ewig dauern mag. Da fangen Kartoffeln oder Menschen an, sich fortzupflanzen.«

Rudolf begriff nicht, was das mit Aluminium zu tun hatte.

»Die Elternbakterie kann Aluminium nicht umwandeln«, fuhr Flaherty fort, »aber sie vermehrt sich reinrassig. Sie muß es, weil sie sich durch Mitose – Zweiteilung – reproduziert. Keine Chance für verirrte Gene, sich zu vereinen. Aber holen Sie sie aus minderwertigem Erz heraus – geben Sie ihr eine richtige Mahlzeit, und sie schaltet um auf geschlechtliche Fortpflanzung. Diese Nachkommen sind viel kleiner. Der Inkubator ist vielleicht nur ein strahlungssicherer Kasten, der Mutationen verhindert. Wahrscheinlich enthält er minderwertiges Erz mit gerade soviel Gehalt, daß eine von hundert sich geschlechtlich vermehrt, statt sich zu teilen. Der Elternstamm bleibt arm und rein. Die Geschlechtlichen kommen durch das Loch oder Gitter, oder was es sonst sein mag, hinaus in die äußere Kammer, wo wir sie über die Kiesgrube verstreuen.«

»Aber wenn nur die geschlechtliche Form aus dem Inkubator herauskann, wie sind Sie dann je an den Elternstamm gekommen?«

»Ich habe eine frische Ladung aus dem Inkubator genommen und in einem Reagenzglas verschlossen – Lehm mit etwa sieben Teilen Aluminium auf eine Million. Sie entwickelten sich zur ungeschlechtlichen Form zurück, saugten Wasser auf und wuchsen um ein paar Stärken.«

»Dann können wir eine reine Kultur am Leben erhalten, wenn wir sie einfach hungern lassen?«

»Das ist wohl der Grund, warum uns Tuchi davor gewarnt hat, den Inkubator zu öffnen.«

»Aber wenn es wirklich so einfach ist, sind wir noch immer im Geschäft.«

»Ja«, sagte Flaherty dumpf.»Es könnte ein gefährliches Geschäft sein.«

»Verstehe ich nicht.«

»Wenn der sich reinrassig vermehrende Stamm entwischte, wüßte ich bei Gott nicht, wie ich ihn umbringen könnte.«

»Wen stört das? Er würde nur noch mehr frische Luft erzeugen.«

»Ja, mein Junge, aber Sie hätten Ihr Monopol nicht mehr.«

»Nein, aber wir könnten St. Audrey erschrecken. Was würde er tun, wenn wir damit drohten, den Markt zu überschwemmen?«

»Sie meinen, abgesehen davon, daß er uns umbringt?«

Rudolf fiel plötzlich die Taxifahrt ein.

Auf der schmalen Straße zum Ort wurde ein Geräusch hörbar. Flaherty schaute zur Tür hinaus.

»Ich hätte wohl doch nicht in die Kamera winken sollen«, sagte er nach einigen Sekunden.

Rudolf schaute hinaus. Eine lange Reihe von Autos rollte langsam der Kiesgrube entgegen. Sie schienen alle vollbesetzt zu sein. Während Rudolf sie anstarrte, stiegen die Leute aus. Es schien die übliche Menge langhaariger Protestierer zu sein. Mit zusammengekniffenen Augen konnte er ein Plakat ganz schwach erkennen. Es schien gegen Vivisektion zu protestieren. Rudolf hätte schwören mögen, daß er dieselben Gesichter neulich im Fernsehen gesehen hatte, bei Flahertys kleiner Eskapade mit dem Elektronenmikroskop.

»Von selbst haben die nicht von unserer Kiesgrube erfahren«, sagte Flaherty. »Die goldene Horde will uns beseitigen.«

»Was können wir tun?«

»Sie nicht beachten. Vielleicht fällt mir etwas ein, bevor sie böse werden.«

»Hoffentlich etwas Besseres als Ihre letzte Idee.«

Flaherty verzog den Mund und ging ins Labor zurück. Rudolf folgte ihm.

»Am Südende der Grube müssen wir neu säen«, sagte er. »Haben wir etwas Sicheres, das ich verwenden kann?«

»Geben Sie mir ein, zwei Wochen, um Halbmikron-Filter zu finden, und ...« Flaherty schlug sich plötzlich an die Stirn. »Ich mäste einfach einen Teil des Elternstamms. Sie werden alle geschlechtlich, und Sie können sie in ein paar Stunden einpflanzen.« Während Rudolf zuschaute, zog er einen Tropfen Flüssigkeit heraus, tat ihn zu Schlamm in einem anderen Fläschchen und verkorkte es. »Morgen können Sie den Dreck in eine Flitspritze tun und für Riordan einen Tanz vorführen.«

Rudolf nickte und schürfte mit der Räumschaufel des Lasters Schlamm auf. Vor dem Zaun marschierten junge Langhaarige und ältere Ökologietypen wie gehorsame Schafe, trugen Transparente, die Rudolf als Vivisektionisten verdammten, als Kapitalisten und einiges andere, was er schon immer hatte sein wollen. Mit der Zeit wurden sie wütend, schrien Beleidigungen und gestikulierten aufgebracht. Rudolf schaute sich um und sah seine gefährliche Lage. Er fuhr in den Schuppen zurück und hetzte in Flahertys Labor.

»Wir müssen hier raus!« begann er und verstummte.

Flaherty war schon fort!

12

Rudolf stand ungläubig da. Nach allem, was er für den Iren getan hatte, war der besoffene Kerl fähig, ihn einfach im Stich zu lassen! Was sollte er tun? Wut wechselte mit Verzweiflung, als er draußen das Geschrei hörte. Er warf einen Blick auf den Kipplaster mit seiner Räumschaufel. Wenn er herunterschaltete und auf sie losfuhr, konnte er die Autos vielleicht von der schmalen Straße kippen und einen Durchbruch zum Ort versuchen.

Aber er würde die Türen mit Draht festbinden müssen, damit man ihn nicht aus dem Führerhaus zerren konnte. Und das Glas war nicht kugelsicher – nicht einmal steinwurfsicher. Und wenn er ein paar Demonstranten überfuhr, was würde ihm blühen? Er wußte einfach nicht, was er tun sollte.

Er ging hinaus und marschierte zum Zaun, wo ein zerzauster junger Mann die Menge mit einem Megaphon aufpeitschte. Gesichter wandten sich Rudolf zu, und er begriff, daß er niemals ein Megaphon überschreien konnte.

Die Menschenmenge hatte sich am Tor zur Kiesgrube zu einem dichtgedrängten Knäuel zusammengeballt. Es gab keinen Ausweg. Rudolf beschloß zu warten, bis der erste Stein flog. Dann wollte er mit der Räumschaufel in Kniehöhe durch das Tor fahren. Er fragte sich, wieviele er würde töten können, bevor man ihn erwischte.

Rund um den zottigen jungen Mann mit dem Megaphon gab es

plötzlich Unruhe. Ein noch häßlicherer Mann mit T-Shirt und schlechtsitzender Hose kam mit dem Megaphon heran.

»Alle Macht dem Volk!« brüllte er.

»Vorwärts!« schrie die Menge.

Rudolf riß die Augen auf. Auf diese Entfernung konnte er den Fremden, der das Megaphon an sich gerissen hatte, nicht erkennen, aber die grollende Baßstimme hätte er überall wiedererkannt.

Der Ire hielt einen Vortrag über Verräter und Feiglinge, unterbrochen von ›Alle Macht‹ und ›Vorwärts‹. Als der erste Sprecher wieder auftauchte und sein Megaphon zurückzuholen versuchte, gab Flaherty ihm einen Tritt und schrie: »Dieser Judas verrät euch. Seht den Mann, der für schlechte Münze seine Unsterblichkeit verkauft hat! Er weiß, wo die Vivisektion vorgeht!

Du da, Indianer!« Er richtete das Megaphon auf Rudolf. »Zwei Mann kommen über den Zaun. Töte die irregeführten Unschuldigen nicht. Zeig ihnen nur die Ställe, wo du Tiere marterst.«

Eine Pyramide wurde gebildet, und die beiden Beobachter sprangen hinüber. Sie traten vorsichtig auf Rudolf zu.

»Was wollt ihr sehen?« fragte er.

Die jungen Männer wirkten überrascht wie Schlafwandler, die mitten in der Einkaufsstraße ohne Hosen aufwachen. Sie sahen einander an.

»Im Haus«, sagte einer schließlich.

»Gern.« Rudolf führte sie hinein. »In dieser Ecke ziehen wir junge englische Majore in steriler Umgebung. Nach der Reife verkaufen wir Herzen, Nieren und andere verwendbare Organe an St. Audrey. Kennt ihr den?«

Die jungen Männer schüttelten die Köpfe.

»Das ist der mit dem neuen Gebäude«, sagte Rudolf. »Er lebt in einem Ort namens Northumber. Findet man auf jeder Straßenkarte.«

»Und hier«, sagte Rudolf, auf ein rostiges Wurfgitter deutend, »foltern wir junge Hündchen im Namen der Wissenschaft. Wenn ihr den gemeinen Dreckskerl fangen wollt, der euch auf diese unsinnige Fahrt geschickt hat, spanne ich ihn gern auch aufs Folterbett. Und in diesem Labor hier deflorieren wir Jungfrauen, wenn der Mond richtig steht.« Rudolf führte sie grimmig herum und rieb ihnen unter die Nase, daß es hier keinerlei Tiere gab.

»Was machen Sie denn hier?« fragte einer der jungen Männer.

»Wir verdienen unser Brot und kümmern uns um unsere Angelegenheiten. Und ihr? Wer hat euch eingeredet, hier Krach zu machen?«

Die beiden Beobachter stiegen zurück über den Zaun und gestanden durch das Megaphon verlegen ein, daß sie nichts gefunden hatten.

Flaherty gab sich redlich Mühe, ihre Wut Richtung Northumber zu lenken, aber der Pöbelhaufen hatte genug. Die Autos füllten sich und fuhren davon. Ein olivfarbener Wagen mit rotem Dachblinker kam herangefegt.

»Was ist hier los?« schrie ein Hilfssheriff.

»Ihr seid spät dran«, sagte Flaherty und gab ihm das Megaphon.

Es kam zu einer Auseinandersetzung, weil Flaherty nicht glauben wollte, daß sie echte Hilfssheriffs waren, und die Hilfssheriffs nicht glauben wollten, daß Flaherty den ganzen Zwischenfall nicht selbst inszeniert hatte. Aus der Reihe der abfahrenden Autos löste sich ein Campingbus und rollte heran. Lilith Lasky stieg aus und baute eine Kamera auf.

»Wer, zum Teufel, sind Sie?« fragte ein Polizeibeamter.

Lilith zeigte ihre Ausweise. Der Hilfssheriff sah sich plötzlich als üblen Bullen in ›Life‹ verewigt und beruhigte sich. Man schimpfte noch herum, dann stiegen sie ein. Als sie wegfahren wollten, stieg einer noch einmal aus.

»Fast vergessen«, sagte er. »Wenn Sie wirklich Francis Xavier Flaherty sind, ist das für Sie.« Er gab ihm ein gefaltetes Blatt.

»Was war denn das?« fragte Rudolf, als sie mit Lilith allein waren.

»Ohne auch nur hinzusehen, würde ich sagen, eine gerichtliche Verfügung, die uns die Herstellung von Aluminium nach einem Verfahren verbietet, das die goldene Horde bereits zum Patent angemeldet hat.«

Rudolf überflog das juristische Dokument hastig. Flaherty hatte mehr als recht.

»Was machen Sie hier?« fragte er Lilith.

»Ich beobachte vor allem Straßenunruhen«, sagte sie und wandte sich an Flaherty. »Und Sie scheinen sie auszulösen. Ist es diesmal danebengegangen?«

»Liebling«, sagte Flaherty, »wo ich aufgewachsen bin, gibt es Diplome auf dem Gebiet. Jemand hat den Stiel gegen mich umgedreht, und es dauerte ein bißchen, bis alles wieder im Lot war.«

»Glauben Sie, daß sie nach Northumber fahren?«

»Ausgeschlossen«, sagte Flaherty. »Sie fahren heim und reden sich ein, nicht verschaukelt worden zu sein. Und jetzt erzählen Sie mir bloß, daß Sie auch noch eine Überraschung mitbringen.«

»Weil Sie gerade davon sprechen«, sagte Lilith, »ich weiß nicht, ob das in die nächste Ausgabe kommt, aber ich dachte, es könnte von Interesse sein.«

Rudolf starrte auf ein großes Foto, auf dem ein junges Paar Hand in Hand ins Meer lief. Es war Pamela, auf den Bermudas, zusammen mit dem verdammten Mohawk!

Flaherty nahm ihm die Aufnahme aus der Hand.

»Lieber die Flitspritze laden. Die Kultur ist schon geschlechtlich geworden.«

»Klingt aufregend«, meinte Lilith.

Rudolf kam plötzlich zu sich.

»Und die gerichtliche Verfügung?«

»Die kann uns vielleicht hindern, das Zeug zu verkaufen, aber im Augenblick kann keiner was dagegen tun, daß Sie tanzen.«

Rudolf hatte das Tanzen satt, das So-tun-als-ob, einfach alles. Er füllte eine Flitspritze mit einer wäßrigen Lösung des Schlicks, die ihm Flaherty gab, und begann mit mürrischer Miene den Boden zu besprühen.

»Was würde eigentlich passieren, wenn der sich reinrassig vermehrende Stamm entwischen würde?« fragte er, als sie zurückfuhren.

»Es gibt viele Dinge, die Aluminiumoxyd enthalten«, sagte Flaherty achselzuckend. »Schleifscheiben könnten zerfallen und die Rasierklingenhersteller über Nacht ruinieren. Es könnte sogar . . .« Flaherty gähnte und ließ das Thema fallen.

Im Haus saß Rudolf herum und machte ein mürrisches Gesicht, während Lilith und Flaherty sich in der Küche unterhielten. Er schaltete den Fernsehapparat ein, in der unsinnigen Hoffnung, man zeige Northumber unter dem Ansturm der Demonstranten. Statt dessen sah er St. Audreys neues Gebäude kurz vor der Fertigstellung. Betoniererteams gossen rund um die Uhr, um in Überstunden den späten Beginn aufzuholen. Das Gebäude war größer, als Rudolf sich das vorgestellt hatte.

Flaherty kam mit zu lautem Lachen aus der Küche.

»Gut für Ihre geplagte Seele«, sagte er und nötigte Rudolf etwas zu trinken auf. Rudolf trank. Tullamore Dew mit Sodawasser schmeckte gar nicht schlecht.

»Wie schmeckt es denn?« fragt Flaherty, als er zurückkam.

»Gut. Warum?«

Flaherty grinste.

»Selbstgegoren.«

»Sie? Das fehlt uns noch – eine Festnahme wegen illegaler Fuselherstellung!«

»Ah«, sagte Flaherty. »Habe ich gesagt, ich hätte was destilliert?«

»Wie macht man denn sonst Schnaps?«

»Durch Gärung.«

»Wein und Bier, ja«, sagte Rudolf, der davon etwas verstand. »Aber harte Sachen nur, wenn man das Naturvergorene destilliert.«

»Aha!« sagte Flaherty triumphierend. »Wofür sollte eine sehr widerstandsfähige Hefe wohl gut sein, hm?«

»Keine Ahnung.«

»Die Hefe ist genauso behindert wie jeder andere Lebensprozeß: Kein Organismus kann in einer Atmosphäre seiner eigenen Abfallstoffe existieren.«

»Das ist das Hauptproblem bei unserem Planeten«, sagte Lilith an der Küchentür.

»Hefe verwandelt Zucker in Alkohol und Kohlendioxyd«, fuhr der Ire fort. »Der einzige Haken dabei ist, daß die Hefezellen sterben, wenn der Alkoholgehalt sieben Prozent übersteigt. Deshalb konnte man Schnaps nur herstellen, wenn man den Alkohol durch Destillation vom Wasser trennte.«

»Ich dachte, Sie arbeiten an etwas, das Müll verzehrt.«

»Stimmt.«

»Ich trinke Müllsaft?« sagte Rudolf mit einem Blick auf sein Glas.

»Wenn ich bis neunzig Prozent komme, können Sie auch Ihren Wagen damit betreiben.«

Rudolf stellte das Glas hin.

»Das scheint auch passender zu sein.« Plötzlich erkannte er, was Flahertys Sätze bedeuteten. »Die Erdölreserven gehen zur Neige, Elektroautos sind immer noch ein Traum –«

»Und Alkohol verbrennt sauberer als Benzin«, ergänzte der Ire. »Bei weitem nicht soviel Abgase.«

»Wir können Geld verdienen.«

Flaherty machte ein langes Gesicht.

»Leider nicht«, sagte er. »Ich stand unter Vertrag, als ich daran zu arbeiten anfing.«

»Die stehlen was, wir stehlen was«, meinte Rudolf.

»Ich rede gar nicht vom moralischen Standpunkt, sondern von den Juristen.«

Rudolf griff nach dem Glas und trank vorsichtig. Für Müllsaft schmeckte es nicht schlecht. Wenn sein Einkommen aufhörte, mochte das der einzige Schnaps sein, den er sich leisten konnte.

»Wie steht es mit Wanzen?« fragte Lilith.

»Wieso? Wir haben keine Geheimnisse mehr.«

»Ich hoffe zutiefst, daß wir doch eines haben«, sagte Lilith.

Rudolf fiel plötzlich die Leiche ein, die sie beseitigt hatten. Es klopfte. Er stieß den Postsack von diesem Tag weg und ging zur Tür, um zu sehen, welch neue Katastrophe sich anbahnen mochte.

Vier Indianer standen vor ihm, ein älterer Mann in einem ziemlich altmodischen Anzug, die anderen jünger und etwas moderner angezogen. Der ältere Mann sah Rudolf erwartungsvoll an.

»Kenne ich Sie?« fragte Rudolf schließlich.

»Wir kommen nur zufällig vorbei und wollten sehen, wie es Ihnen geht.«

»Von wo nach wo? Der Ort liegt an keiner Durchgangsstraße.«

Der ältere Indianer sah den umgeworfenen Postsack.

»Sie müssen ja jetzt viel zu tun haben«, sagte er. »Entschuldigen Sie die Störung.« Er lüftete den breitrandigen Hut, und die Männer gingen.

»Wer war das?« rief Flaherty.

»Schnorrer«, sagte Rudolf. Er trank den Müllsaft des wilden Iren und erinnerte sich plötzlich, wo er den alten Mann schon einmal gesehen hatte. Es war der Hausmeister aus der Reservatsschule.

»Das waren Indianer, nicht wahr?« fragte Lilith.

»Ja.«

Als Flaherty den Tisch gedeckt und Lilith serviert hatte, war Rudolf zu dem Schluß gelangt, daß der Müllsaft durchaus nicht übel war. Er füllte ein zweites Glas. Ohne Sodawasser schmeckte er noch besser. Er probierte das Essen.

»Was ist denn das für Zeug?« fragte er.

»Gefilte Fisch.«

»Haben die denn gar keine Knochen?«

Er starrte eine Weile gedankenverloren vor sich hin, dann

horchte er plötzlich auf und achtete auf das, was Flaherty und Lilith redeten.

»... Geld ist der Schlüssel«, sagte der Ire. »Es kauft Gesetzgeber und macht Gesetze. Machen Sie St. Audrey bankrott, und er wäre ein zahnloser Witz.«

»Wie könnte man das?« fragte Lilith.

Flaherty seufzte.

»Der richtige Hebel und ein Sitz in der Börse. Außerdem müßte man etwas vom Börsenmarkt verstehen.«

»Könnten Sie –?«

»Ausgeschlossen«, sagte der Ire. »Ich bin Genetiker. Viel verstehe ich nicht, aber das eine hab' ich gelernt: Nie das Spiel des anderen spielen.«

»Aber ihr könnt doch nicht so einfach aufgeben!« klagte Lilith. »Die armen Leute müssen atmen können. Es ist –«

»Ich wünsche dem armen Mann nichts Böses«, sagte Flaherty, »aber ich bete Ave Marias für den Teufel, wenn St. Audreys Wolkenkratzer einfach einstürzt.«

»Warum?«

»Er hat sich sehr weit ausgedehnt«, erklärte Flaherty. »Ein ganz kleiner Ausrutscher könnte ihm den Boden unter den Füßen wegziehen.«

Rudolf füllte erneut sein Glas.

»Sind Sie sicher, daß das raffinierter Müll ist?«

»Gestern mittag abgefüllt«, versicherte Flaherty.

»Wieviel haben Sie?«

»Nur die eine Flasche hier. In den Plastikflaschen im Labor sind noch an die zehn Liter. Morgen früh mehr.«

»Vier Liter müßten für den Abend gut reichen.«

Flaherty sah ihn merkwürdig an.

»Stimmt es, was man von betrunkenen Indianern sagt?« fragte Lilith.

»Keine Ahnung«, erwiderte Rudolf. »Stimmt es, was man von Juden sagt?«

»Touché.« Sie stießen miteinander an. Rudolf konnte die Doppelbilder nur noch mit Mühe zur Deckung bringen. Er saß brütend am Tisch, während Flaherty und Lilith abräumten.

»St. Audrey wird den Inkubator vernichten«, sagte Lilith traurig. »Die letzte Chance der Erde, zu atmen.«

Flaherty nickte.

»Aber könnt ihr denn nichts tun?« fragte Lilith.

»Vieles, aber die Heilung könnte schlimmer sein als die Krankheit.«

»Was könnte schlimmer sein, als daß St. Audrey die Welt beherrscht?« fragte Rudolf dumpf.

»Die Welt ist schon immer von den St. Audreys beherrscht worden«, sagte der Ire. »Ein Fisch stinkt, wie man ihn auch nennt.« Er wankte mit Eimer und Stange die Treppe hinauf.

Rudolf hörte ein Auto vorbeifahren. Wo hatte er das Auspuffgeräusch schon einmal gehört? Plötzlich wußte Rudolf, daß er einen orientalisch-roten Lamborghini hörte. Was, zum Teufel, wollte Pamela mitten in der Nacht in der Kiesgrube?

Lilith hob den Kopf, als er die Tür öffnete. Rudolf wollte ihr sagen, was er argwöhnte, aber dann sah er ein, daß sie sich eine sarkastische Bemerkung nicht würde verkneifen können.

»Sagen Sie Flaherty, ich hätte in der Werkstatt etwas vergessen«, meinte er. »Bin bald wieder da.«

»Meinen Sie wirklich, Sie sollten –« Aber bevor Lilith sich zu seiner Fahrfähigkeit äußern konnte, brauste der Kipplaster in die Nacht hinein.

Auf halbem Weg zur Kiesgrube fuhr er an einem abseits der Straße geparkten Triumph vorbei, aus dessen offener Tür schon zwei Paar Beine ragten. Ein leiser Zweifel beschlich ihn. Als er am Ende der Sackstraße die Kiesgrube erreichte, stand für ihn fest, daß er den Triumph eines Schürzenjägers mit dem Lamborghini verwechselt hatte.

Da er nun schon hier war, konnte er gleich ein paar Liter von Flahertys Müllpreßsaft mitnehmen. Er sperrte das Tor auf und fuhr mit dem Laster in den Schuppen. Im Dunkeln herumtastend, fand er endlich das Schlüsselloch der Labortür. Der Betonboden dort war schlüpfrig. Er tat einen Schritt, rutschte aus und landete auf dem Gesäß.

Einen entsetzten Augenblick lang glaubte Rudolf, er sei auf Tuchi oder einen ihrer Nachkommen getreten. Dann fühlte er den Schlamm. Er mußte an den Schuhen hereingetragen oder bei einem der Experimente des Iren verschüttet worden sein. Rudolf murmelte Bruchstücke des Bannfluchs und trat vorsichtig zurück zur Tür, wo er endlich den Lichtschalter fand.

Von der Tür bis zum Arbeitstisch verlief eine Bahn silberglänzenden Schlicks. Rudolf fuhr mit dem Finger hindurch. Es war der normale Schlamm, der sie reich gemacht hatte. Darunter spürte er rauhen Beton. Er wischte sich die Hände ab und fand den Plastikkrug. Er roch, trank einen Schluck und wußte, daß er Flahertys unpatentierten Müllsaft entdeckt hatte. Er schmeckte gut. Er trank noch einmal und fuhr mit dem Fuß nachdenklich durch den Aluminium-Matsch auf dem Beton. Er versuchte sich an das zu erinnern, was der Ire am Abend gesagt hatte. Rudolf war überzeugt, unter all dem Geschwätz auch etwas Wichtiges vernommen zu haben.

Er scharrte wieder im Schlamm und trank erneut. Als sein Schuh rauhen Boden streifte, fiel ihm wieder ein Bruchstück aus Flahertys Vorträgen über Bauxit und andere aluminiumhaltige Erze ein. Er sah Flahertys reinrassige Kultur neben einer halbleeren Flasche der geschlechtlichen Variante, die er, Rudolf, an diesem Nachmittag über der leeren Grube verstreut hatte. Plötzlich wußte Rudolf, daß St. Audreys Wolkenkratzer einstürzen würde, genau, wie der wilde Ire es erfleht hatte.

13

Er begriff, daß es darauf ankam, die richtige Flasche zu finden. Er brauchte die geschlechtliche Kultur, die er am Nachmittag versprüht hatte. Rudolf wog die Flaschen. Er sah seinen Madras-Lendenschurz und die aus einem Staubwedel gebastelten Federknäuel für Hand- und Fußgelenke. Die konnten auch mit. Er probierte wieder die Flüssigkeit in der Plastikflasche. Der Ire nahm ihn da doch auf den Arm. Müllpreßsaft konnte gar nicht so gut schmekken.

Er sperrte das Tor ab. Auf der Fahrt durch den Ort wurde ihm klar, daß Lilith und Flaherty das unverwechselbare Motorengeräusch des Lasters erkennen würden, aber ... Er wollte bis zum Morgen zurück sein und konnte ihnen dann alles erzählen. Er trank noch ein Schlückchen.

Bald brauste er die Mautstraße nach New York entlang. Für diese Nachtzeit herrschte erstaunlich wenig Verkehr. Während er Bannflüche sang, begann es zu regnen.

Rudolf wischte sich die Augen und konnte doch nichts sehen. Endlich kam er auf die Idee, die Scheibenwischer einzuschalten. Der Regen wurde stärker. Rudolf fuhr mit gleichmäßigem Tempo durch den Regen, so schnell der alte Kipplaster ging, ohne auseinanderzufallen. Die Mautstraße teilte sich, Rudolf nahm die falsche Abzweigung und korrigierte sich in letzter Sekunde, was zorniges Hupen und Reifenquietschen auslöste. Der Regen ließ nach, und er brauchte sich nicht mehr so anzustrengen, den Laster auf der Spur zu halten.

Autos fegten vorbei und sprühten Wasserwände. Rudolf hielt sich mit seinem Gefährt citywärts und verirrte sich plötzlich in den Nebenstraßen von Van Cordtlandt Park. Das Heckfenster des Lasters fehlte. Rudolf spürte die Kälte in den Knochen. Er trank einen Schluck Müllsaft und fand zum Harlem River.

Ein Polizist winkte und blies auf seiner Trillerpfeife. Rudolf winkte auch und fuhr – was, zum Teufel, machte er hier auf der Second Avenue? Der Regen mäßigte sich zu einem Nieseln, als er beharrlich nach Süden rollte, ohne das Hupen und die Pfiffe der Polizei zu beachten. St. Audreys neues Gebäude befand sich irgendwo südlich von East Village, in der Neunten oder Zehnten Straße.

Plötzlich begriff Rudolf, daß er nicht allein war. Dutzende von Betontransportern dröhnten dahin, und Rudolf reihte sich brav ein. Die Fahrer drohten mit den Fäusten und hupten den Eindringling an. Rudolfs Blick wurde für Augenblicke klar genug, um zu erkennen, daß sie alle in dieselbe Richtung wollten. An der nächsten Straße wechselte er in eine andere Kolonne.

Langsam rollte die Kolonne durch eine Öffnung in einem Bretterzaun. Über dem Rattern der stehenden Kipplaster konnte er das stetige Grollen von in Kübel gekipptem Beton hören, der in den Himmel von Manhattan hinaufschwebte. Er starrte hinauf in die Dunkelheit, wo die Kübel im Nieselregen verschwanden.

Kipplaster holten zerschlagenes Gerüstholz, Klumpen Zement und sonstige Überbleibsel eines Gebäudes, das mehr Volumen umschließen würde als die Cheopspyramide. Rudolf kroch in der Kolonne mit und suchte nach einer Chance, herauszukommen. Er fuhr unter einen Kübel. Der Laster wankte und sackte tiefer, als tonnenweise Schutt auf ihn herabdonnerte.

Der Verlademeister winkte ihn weiter. Rudolf würgte den Motor ab. Er sprang nicht mehr an. Überhitzt, vermutete er. Wenn er ein paar Minuten abkühlte, würde er wieder laufen. Es gab Geschrei und Winken. Der Laster hinter ihm schob ihn zur Seite, und die Kolonne setzte sich wieder in Bewegung.

»Wo ist Ihr Schutzhelm?« fragte der Kontrolleur, als er ausstieg.

Rudolf kroch wieder ins Führerhaus. Verdammt, war das kalt im Regen! Er trank noch einen Schluck Müllsaft. Er tastete blindlings im Dunkeln herum und fand die Flasche, die er in seinen Lendenschurz gewickelt hatte. Er stieg auf der anderen Seite aus, wo der Kontrolleur ihn nicht sehen konnte.

»Schutzhelm!« brüllte jemand, als er zum Kran ging.

»Verloren!« schrie Rudolf.

Der Fremde deutete auf einen kleinen Schuppen. Rudolf holte sich einen Schutzhelm und ging zum Kran, das Bündel fest unter einen Arm geklemmt.

»He, das geht doch nicht!« schrie jemand, als Rudolf auf den Betonkübel kletterte. Es war zu spät. Der Kübel erhob sich in den Himmel, mit Rudolf, der sich mit einer Hand am Kabel festhielt, am Bügel.

Er war noch nie mit einem Kran gefahren und hatte immer gedacht, das gehe rucklos wie bei einem Aufzug. Statt dessen schwebte der Kübel ruckartig empor. Es gab da einen anthropologischen Unsinn, wonach Indianer sich vor Höhen nicht fürchteten, was die Irokesen ausnützten, um in New York die Arbeit auf Wolkenkratzern zu beherrschen. Rudolf glaubte nicht an Pauschalurteile. Er war froh, daß der Boden durch die tiefhängenden Wolken schon halb verdeckt wurde. In Dunst eingehüllt, konnte er kaum erkennen, wie hoch er war.

Er spürte, wie der Kübel schwankte und sich dann langsam zu drehen begann. Rudolf hielt sich fest. Unter ihm im Kübel waren mehrere Kubikmeter feuchter Beton. Er hoffte, daß er herunterzusteigen vermochte, wenn er die Stelle erreichte, wo er hineingegossen werden sollte.

Er biß die Zähne zusammen und klammerte sich fest. Von Zeit zu Zeit tauchten mit Sprühfarbe hingemalte Ziffern an der nackten Fassade auf. Wieviele Stockwerke unter ihm lag Nr. 100?

Der Kübel verlangsamte die Fahrt mit einer Serie von Rucken, die drohten, ihn in den Beton zu kippen. Er fragte sich, was geschehen würde, wenn er hineinstürzte. Würde er schwimmen oder eingemauert sein wie ein Opfer der alten Römer, wenn sie eine neue Brücke bauten?

Im Nebel unter ihm leuchtete etwas. Rudolf spürte, wie der Wind die Richtung wechselte. Binnen Sekunden zerteilte sich der Nebel, und aus dem Leuchten wurde ein Suchscheinwerfer. Tief unter ihm gestikulierten zornige Ameisen und öffneten die Münder zu lautlosen, fischartigen Rufen. Rudolf fragte sich, wann man auf den Gedanken kommen würde, den Kübel hinunterzulassen, aber in diesem Augenblick erfaßte jemand den Bügel und zog den Kübel nach innen.

»Was machen Sie da?« fragte der Mann mit dem Haken. »Der Personalaufzug ist da drüben.«

Rudolf zuckte bedauernd die Achseln und stieg herunter. Hier im Arbeitsbereich war überall Licht. Er hörte das laute Schrillen eines kurbelbetriebenen Feldtelefons. Er eilte in die Dunkelheit und entdeckte, daß er im frischen Beton Fußspuren hinterließ. Er ging schneller und tat so, als höre er die wütenden Zurufe nicht. Endlich stolperte er auf festen Beton. Er wechselte die Richtung und fand eine dunkle Ecke.

Hier innen, vor dem Wind geschützt, fühlte Rudolf sich um so vieles besser, daß er beschloß, es gleich ganz richtig zu machen. Es würde Verwirrung stiften, wenn man ihn erwischte. Er zog sich aus, wickelte den Lendenschurz von der Flasche und zog ihn zusammen mit den Federbüschen an. Er hielt sich im Schatten und begann aus seiner Kulturflasche eine dünne Spur zu träufeln.

Der Weg war viel länger, als er gedacht hatte, um die Außenwände des Gebäudes herum, zurück zu der grell beleuchteten Stelle, wo immer noch Beton gegossen wurde. Eine seltsame schwebende Empfindung ergriff ihn. Rudolf fragte sich, ob er schwankte oder das Gebäude.

Ein Kreischen von Kabeln in einem Flaschenzug warnte ihn. Gerade rechtzeitig huschte er um eine Ecke und entkam einem Dutzend gutgekleideter Männer mit Schutzhelmen, die von der offenen Plattform des Personalaufzugs getreten waren. Zuerst hielt Rudolf sie für Kriminalbeamte in Zivil oder Sicherheitsbeamte, aber statt auszuschwärmen, drängten sie sich im Nebel zusammen. Minuten später kam der Aufzug mit noch mehr Männern zurück, die Mikrofone, Scheinwerfer und Kameras bei sich hatten. Rudolf begriff endlich, daß der Suchscheinwerfer unten nicht auf ihn gerichtet gewesen war. Er war ungewollt Zeuge des Richtfestes geworden.

Kein Wunder, daß er ohne Schwierigkeiten heraufgekommen war. Die Leute hatten mit Fremden und Journalisten gerechnet. Er stopfte die fast leere Flasche mit der Kulturlösung in sein Kleiderbündel und fragte sich, wie er hier hinunter- und hinauskommen sollte.

Er dachte an Flahertys trotzige Geste vor den Kameras. Wenn ein Ire stolz war, was war dann ein Sioux? Er fröstelte und trank zur Vorsicht wieder einen Schluck Müllsaft. Die Reportergehilfen zielten mit den Scheinwerfern. Rudolf schaute hinauf. Die Kameras würden von hier unten aus aufnehmen, um die Höhe zu betonen und alles recht gefährlich erscheinen zu lassen.

Rudolf fiel plötzlich ein, daß er seinen Tarn-Coup-Stab zuhause gelassen hatte. Er brauchte ihn eigentlich nicht, aber ... Er griff in der Dunkelheit nach unten, um zu ertasten, worüber er gestolpert war, und fand Metallstäbe in verschiedenen Längen. Er suchte sich einen passenden aus, der zwar schwer war, aber eben genügen mußte.

Er zog das Hemd von der Kulturflasche und zerriß es in Streifen. Er umwickelte den Metallstab und stopfte an die Enden Knäuel, bis das Ganze dem Inkubatorhalter glich, den Lilith in ›Life‹ unsterblich gemacht hatte. Er zupfte die Federbüschel an Hand- und Fußgelenken aus, bis der Stahlstab gefedert aussah. Herrgott noch mal, war das kalt hier! Er trank vorsichtshalber noch einen Schluck von dem Müllpreßgetränk.

Rudolf kauerte in seinem Versteck und schaute zu, als fröstelnde Gehilfen eine Etage höher kletterten, um bei Probeaufnahmen zu dienen. Kameraleute verfluchten Doppelschatten, stellten die Scheinwerfer anders auf, fluchten wieder. Endlich sprach jemand in ein Funkgerät, und der Lift knarrte wieder herauf.

Die Hälfte der goldenen Horde war hier! St. Audrey war hier. Noch ein Mann stieg aus dem Aufzug. Zuerst hielt Rudolf ihn für einen der Irokesen-Bauarbeiter, aber der Mann trug einen Anzug. Es war der verdammte Mohawk!

Man stellte sich auf und begann mit dem feierlichen Unsinn, den letzten Träger zu verlegen, den man nach der Zeremonie abnehmen und wieder richtig einsetzen mußte. Das geschah dann durch einen Indianer, der ein Ende einer Niete von einer anderen zu unterscheiden vermochte. Rudolf schob sich in den Schatten behutsam vorwärts. Er fand einen Diagonalträger und begann hinaufzuklettern.

Der schwere stählerne ›Coup-Stab‹ war immer noch zwischen seinen Zähnen eingeklemmt, als er ins Licht kroch. Während der Bürgermeister dieses Katastrophengebiets und die goldene Horde sich anlächelten und ernsthaft auf dem weißgestrichenen Träger herumkritzelten, stand Rudolf eine Etage über ihren Köpfen auf.

Nach einem verblüfften Blick drehte der Kameramann sein Gerät so, daß er Rudolf und die goldene Horde gleichzeitig erfaßte. Rudolf nahm den Coup-Stab aus dem Mund und legte den Finger an die Lippen. Es war nicht nötig. Die Kameracrew riß die Augen auf und sah bereits den Pulitzerpreis vor sich. Rudolf argwöhnte, daß der Kameramann im Innersten hoffte, er möge eine Handgranate zwischen die feierlichen Herren werfen, vorausgesetzt, das ginge ohne Beschädigung der Kamera ab.

Er tanzte auf dem Träger herum, richtete den Stab in alle vier Himmelsrichtungen, formte mit den Lippen lautlos den Bannfluch und vollführte grimmige Gesten in Richtung der goldenen Horde, die drei Meter unter ihm mit ihrem eigenen Zauber beschäftigt war.

Die goldene Horde konnte gleichmütig auf Anschuldigungen der Schurkerei reagieren, aber lächerlich zu erscheinen, war eine ernste Sache. Sie wurden nervös, weil sie spürten, daß nicht alles im Lot war, als aus dem Lächeln des Kameratrupps unterdrücktes Lachen wurde. Schließlich blickte einer hinauf.

Plötzlich ging es zu wie im Stummfilm, als Rudolf herumtanzte und eine lange Nase drehte, bevor er in die Dunkelheit huschte, verfolgt von der goldenen Horde und einem begeisterten Kameramann, der alles aufnahm. Dann begriffen die Mitglieder der goldenen Horde plötzlich, daß sie sich mehr als hundert Stockwerke über Manhattens Granit befanden und die Geländer noch nicht angebracht waren.

Man redete wild aufeinander ein, dann kletterte der Mohawk hinauf zu Rudolf, dem plötzlich einfiel, daß der andere immerhin früher ein Hochbauarbeiter gewesen war. Er fragte sich, ob Pamelas jetziger Begleiter sich die Mühe geben würde, ihn lebendig zu fangen.

Er wünschte sich, beim Müllsaft zurückhaltender gewesen zu sein. Es war das erstemal, daß er ernsthaft klettern mußte. Egal, wie gut er sein würde, der Mohawk war mit Sicherheit besser.

Aus den Augenwinkeln sah Rudolf die goldene Horde schon zum Personalaufzug drängen. Wenn er einfach auf Kamerahöhe hinabspringen und den Lift erreichen konnte, bevor der Mohawk ihn erreichte . . . Plötzlich fiel ihm ein, daß er gar nicht wußte, wie er den Aufzug in Betrieb setzen sollte, und ob er von hier aus überhaupt gesteuert werden konnte. Außerdem war er gar nicht hier.

Dafür der Mohawk. Er lief auf den Trägern dahin und starrte Rudolf direkt an. Es dauerte einen Augenblick, bis Rudolf klar wurde, daß der Mohawk ihn in dieser Dunkelheit gar nicht sehen konnte. Aber bald würde er es können. Rudolf ließ sich von dem Träger hinunter, so schnell er konnte. Bis zum nächsten Stockwerk war der Weg noch immer beachtlich weit. Er atmete tief ein, widmete dem unbekannten Gott ein Stoßgebet und ließ sich fallen.

Der Aufprall setzte sich fort bis in die Schulterblätter, aber nach einer Sekunde war Rudolf überzeugt, sich nichts gebrochen zu haben. Während der Schmerz nachließ, überlegte er, ob er noch genug Energie hatte, um sich selbst einen Tritt zu verabreichen. Kaum drei Meter entfernt gab es eine Rampe, wo er hätte hinuntergehen können. Der Mohawk schritt darauf zu und starrte immer noch dorthin, wo Rudolf einen Moment zuvor gewesen war. Eine solche Chance würde Rudolf nie mehr bekommen. Er bestieg die Rampe einen Augenblick, bevor der Mohawk sich reckte, um die Lücke von einem Träger zum nächsten zu überwinden. Als der Cocktailparty-Killer sich zu voller Länge gestreckt hatte, griff Rudolf hinauf und packte ihn sanft dort, wo Tuchi Rudolf berührt hatte.

Der Schrei des Mohawk war so gellend, daß Rudolf nie begreifen konnte, warum die Fernsehmannschaft ihn über dem Rattern der Maschinen nicht hören konnte. Der Mohawk verlor den Halt, kippte und schien zu stürzen. Rudolf begriff erst jetzt, wie nah sie dem Abgrund waren. Er packte den schaukelnden Indianer an den Rockaufschlägen und zog ihn zurück auf sicheren Boden.

Während der verdammte Mohawk hysterisch seine Dankbarkeit bekundete, sagte Rudolf: »Ich habe Ihnen nicht das Leben gerettet, sondern ich brauche Ihre Garderobe.« Er schwang kurz den stählernen Coup-Stab und begann den Mohawk auszuziehen. Auf dem Rückweg zur Kameracrew fiel ihm noch rechtzeitig ein, seine eigene Kleidung und die Kulturflasche mitzunehmen. Er glaubte nicht, daß er die Dinge auf dem Heimweg brauchte, aber sein Geld und seinen Führerschein würde er nötig haben.

Wie Rudolf vermutet hatte, machen selbst für Kameraleute Kleider den Indianer. Als er mit dem Schutzhelm und Anzug des Mohawk näher kam, fragte ein Gehilfe: »Haben Sie ihn gesehen?«

»Da drüben.« Rudolf deutete in eine Richtung, als der Aufzug sehr stämmig aussehende Männer heraufbrachte. Er betrat ihn. Es gab einen Knopf und eine handbeschriebene Karte, die mitteilte, wie oft man für ›Auf‹, ›Ab‹ und ›Halt‹ drücken mußte. Rudolf begriff schnell.

Mit dem holpernden Lift fuhr er hinunter und schob seine Sachen in das, was er anhatte. Seine eigene Kleidung warf er auf ein Gerüst im Bereich des neunzigsten Stockwerks und stopfte die Kulturflasche in eine Mohawktasche. Als er den Boden erreichte, deuteten einige Sirenen an, daß es Zeit wurde, von hier zu verschwinden.

Rudolf fror. Es war noch immer kalt und windig und schien wieder regnen zu wollen. Er fragte sich nebenbei, weshalb man sich für das Richtfest einen solchen Zeitpunkt ausgesucht hatte, aber dann wurde ihm klar, daß das wohl schon wochenlang im voraus festgelegt worden war.

Der Aufzug ruckte ein letztesmal.

»Was ist da oben los?« fragte der Aufzugwärter.

»Irgendein wilder Indianer mit Federn tanzt herum«, erklärte Rudolf. »Sie haben ihn aber erwischt. Geben Sie der Polizei lieber Bescheid, daß man eine Zwangsjacke bereithält, wenn er heruntergebracht wird.«

»Menschenskind!« sagte der Aufzugwärter.

Rudolf marschierte in die Dunkelheit und fragte sich, wo der kürzeste Weg um das Gebäude zu seinem Kipplaster war. Zwei Wagenladungen Polizei und ein Krankenfahrzeug trafen ein, mit kaum hörbaren Sirenen bei dem Maschinenlärm. Rudolf wußte, daß er das eigentlich nicht tun sollte, aber er fror ja so ... Er trank noch einen Schluck Müllpreßsaft.

Endlich fand er den Betonkübel und orientierte sich. Der Motor des Lasters war abgekühlt. Er sprang sofort an. Rudolf hörte wieder Sirenen und sah, wie die Polizei den ganzen Bauplatz umzingelte. Es konnte haarig werden, wenn man Müllsaft oder irgendeine Flasche in seinem Führerhaus fand. Er hoffte, in gerader Linie durch den Kordon fahren zu können, und warf Saft- und Kulturflasche durch das scheibenlose Heckfenster auf den Bauschutt auf seinem Anhänger. Ein Polizist warf einen Blick auf seinen Schutzhelm und winkte ihn weiter. Rudolf folgte den anderen Kipplastern nach Norden durch Manhatten.

Bald wurde ihm klar, daß sie zur George-Washington-Brücke unterwegs waren. Er dachte an seine letzte Fahrt durch New Jersey, schauderte und verließ die Kolonne. Als er die Peripherie der Bronx erreichte, begann es wieder zu regnen. Selbst in dem Anzug des verdammten Mohawk hörte Rudolfs Zittern nicht auf. Er fischte sich die Plastikflasche vom Bauschutt und trank vorsorglich noch einen Schluck Müllsaft.

Ab und zu schnitten ihn Autos und kleinere Lastfahrzeuge, aber bis jetzt hatte er noch keine roten Blinklichter gesehen. Rudolf rollte weiter durch den Regen. Eine Stunde verging. Dann fiel ihm auf, daß ein kleiner Campingbus immer wieder vor und hinter ihm auftauchte und ihn zu schneiden versuchte.

Als er die Peripherie von New Haven erreicht hatte, nagte ein kleiner Zweifel an Rudolf. Eine Stunde danach, in Hartford, begriff er, daß nicht einmal die endlose Wiederkehr von Ortsnamen in New England diese Art von Zufall hervorrufen konnte. Er war hundert Meilen weit in den falschen Bundesstaat gefahren.

Der Campingbus tauchte wieder auf. Er schnitt ihn und versuchte, ihn von der Straße zu drängen. Rudolf rumpelte geruhsam weiter, weil er wußte, daß sich mit einem Fahrzeug wie dem seinen nicht so leicht einer anlegte. Deshalb ärgerte es ihn besonders, daß er weder von der Polizei noch von empörten Bürgern angehalten wurde, sondern daß der Laster einfach nicht mehr lief.

Er trat auf den Anlasser. Minuten vergingen, bevor er auf den Gedanken kam, die unzuverlässige Benzinuhr zu betrachten. Ein Polizist tauchte auf. Mehrere Indianer tauchten auf. Alles verschwamm langsam. Vielleicht die Erschöpfung, dachte Rudolf. Er hätte gern noch einen Schluck Müllsaft getrunken, aber als er danach griff, gab es eine seltsam doppelbelichtete Erinnerung, daß ein brauner Arm in das Führerhaus griff und sich mit der Flasche entfernte. Alles sehr verwirrend. Rudolf nieste. Er bekam den Schluckauf.

Als er wieder wach wurde, wußte Rudolf, auch ohne die Augen zu öffnen, daß er es bereuen würde. War er im Gefängnis? Dafür war das Bett zu weich. Er streckte sich, und seine Hand entdeckte ein warmes, unbehaartes Bein. Rudolf öffnete die Augen. Lilith neben ihm seufzte und bewegte sich im Schlaf.

Jetzt ist es passiert! dachte Rudolf. Der Gedanke, daß er dieser tüchtigen Amazone im heiligen Ehestand verbunden sein mochte, ließ Rudolf so plötzlich hochfahren, daß sein Kopf davonzurollen drohte, in eine Ecke von – wo eigentlich? Es sah aus wie ein Motelzimmer. Auf der anderen Seite des Bettes konnte er die Tür zur Toilette sehen.

Während er kniete und sein Gesicht in dem kleinen Wasserspiegel sah, fiel Rudolf plötzlich Tuchi ein. Es war zu spät. Flahertys Müllsaft kam herauf, begleitet von einigen Austern, die Rudolf vor drei Wochen verzehrt hatte. Blaß und schwankend ging er endlich unter die Dusche. Erst als er sich einseifte, wurde ihm klar, daß jemand ihn ausgezogen und zu Bett gebracht hatte.

Als er herauskam, lag Lilith noch im Bett, aber der Etagenservice hatte ein Tablett hinterlassen. Das schwarzhaarige Mädchen öffnete die Augen.

»Guten Morgen, Schatz«, sagte sie.

»Bin ich das?« fragte Rudolf. »Haben wir –?«

Lilith warf die Decken zurück und erhob sich angekleidet, mit Hotpants und ausgebeultem Pullover. Rudolf sagte sich, daß seine Frage damit wohl beantwortet war.

»Sie hatten wirklich ganz schön einen sitzen«, meinte sie. »Trinken Sie das.«

»Oooooooooooooohhhhhhhhhhhhhh!« Es war nicht gerade originell, was Rudolf da von sich gab, aber selten hatte er etwas so ernst gemeint.

Lilith zwang ihn dazu, ein Glas rötlich getönten Leichenerwekker zu trinken, und binnen Minuten hatte Rudolf sich so weit erholt, daß er in den zerknitterten Anzug des Mohawk steigen konnte.

»Was ist passiert?« fragte er.

»Wollen Sie alle peinlichen Einzelheiten über Widerstand gegen die Staatsgewalt hören, und wie ehrliche Beamte dazu gebracht wurden, Sie an Fremde auszuliefern, die mit Hundertdollarscheinen um sich warfen?«

Rudolf stöhnte wieder.

»Wie sind Sie überhaupt dazugekommen?« fragte er.

»In den Elfuhr-Nachrichten kam ein ziemlich deutlicher Hinweis auf Ihren Verbleib, auch wenn mich nicht einer von der Kameracrew angerufen hätte.«

»Wo ist Flaherty?«

»Der paßt zu Hause auf. Was haben Sie da oben mit dem Kopf in den Wolken überhaupt gemacht?«

Rudolf stöhnte erneut.

»Bin ich –?« Er fand, daß er es lieber doch nicht wissen wollte.

Lilith frühstückte hastig, schüttete den Kaffee hinunter und sagte: »Und jetzt weg hier.«

Rudolf verließ mit ihr das Motel.

»Wo ist der Laster?« fragte er.

»Umlagert von Bullen. Sie können sich eher einen neuen als einen längeren Aufenthalt hier leisten. Haben Sie etwas Wichtiges im Fahrzeug gelassen?«

Rudolf dachte nach und verneinte. Aus dem Augenwinkel sah er ein paar Indianer, die am Nachbarbungalow Koffer in ein altes Auto verluden. Er erinnerte sich, irgendwann von Indianern umringt gewesen zu sein. Er starrte mit zusammengekniffenen Augen in das Sonnenlicht. Es war der Hausmeister seiner alten Schule, mit den jüngeren Männern, die er gestern abend abgewiesen hatte.

»John!« rief er, »es tut mir leid, ich habe Sie nicht erkannt. Was machen Sie hier in der Gegend?«

Der alte Mann lächelte. Rudolf trat auf ihn zu und gab ihm die Hand.

»Gestern nacht waren Sie ganz schön aufgetankt«, sagte der alte Mann. »Wir fahren zu einer Tagung im Irokesen-Reservat. Vielleicht können wir die Ingenieure daran hindern, das ganze Land mit Dämmern unter Wasser zu setzen.«

»Ich freue mich wirklich«, sagte Rudolf. »Bei uns waren so viele Schnorrer, daß ich euch nicht erkannt habe. Kann ich etwas tun für –?«

»Nicht jetzt!« sagte Lilith entschieden. »Wir müssen los.«

»Kommt auf dem Rückweg vorbei«, sagte Rudolf. Er kämpfte gegen die aufsteigende Übelkeit an. Die Indianer beugten sich wieder über ihre Koffer, als Lilith ihn zu ihrem Campingbus zog.

»Hab' ich die gestern nacht gesehen?« fragte er.

»Wenn man bedenkt, daß Sie praktisch blind waren, bezweifle ich das. Sie haben Sie gesehen. So wie jedermann bei dem ungeheuren Verkehrsstau, verursacht durch einen Lastwagenfahrer, dessen Namen ich nennen könnte. Beeilen Sie sich jetzt?« Sie fuhr den Camper rückwärts aus der Einfahrt hinaus, als eine schwarze Limousine ihnen den Weg versperrte. Mehrere Männer, die alle wie Riordan aussahen, stiegen aus.

»Rudolf Redwolf?« fragte einer.

»Würden Sie vielleicht Platz machen?« schrie Lilith. »Ich bin schon spät dran.«

»Kann noch später werden, Lady.«

Lilith kam mit einer Kamera aus dem Führerhaus.

»Dann sollen die Leser von ›Life‹ auch wissen, wer mich aufgehalten hat.« Sie begann zu knipsen.

»Von links sehe ich besser aus«, sagte einer der Polizisten. Die anderen ignorierten sie. »Rudolf Redwolf?« wiederholte einer von ihnen. »Sie sind festgenommen.«

»Weshalb?«

»Wollen Sie die Punkte in alphabetischer Reihenfolge oder ganz bunt durcheinander hören?«

Während Lilith Aufnahmen machte, legte man ihm Handschellen an und führte ihn zu der Limousine.

»Keine äußeren Verletzungsanzeichen, aber ärztliche Behandlung dringend nötig«, schrie Lilith, als er davongefahren wurde.

Rudolf spürte, wie die Übelkeit wiederkehrte.

»Was haben Sie gestern eigentlich genommen?« fragte einer der Polizisten. »Zauberpilze?«

Rudolf fühlte sich nicht dazu imstande, seine Müllsaftorgien zu erklären.

Er ertrug die bürokratischen Formalitäten und konnte das Erbrechen zurückhalten, bis er in eine Zelle gebracht wurde. Vierundzwanzig Stunden und drei Untersuchungsgefängnisse später fühlte er sich besser, war aber immer noch grün, als ein Fremder mit Aktentasche auftauchte. Der Fremde war ein kleiner, älterer Mann mit hagerem Gesicht.

»Wer sind Sie?« fragte Rudolf.

»Ihr Anwalt. Die Halunken schieben Sie von einer Haftanstalt in die andere, und ich hätte Sie fast wieder verpaßt.«

»Ich kenne Sie nicht.«

»Natürlich nicht. Miss Lasky schickt mich.«

Plötzlich fiel Rudolf ein, wie leicht es für die goldene Horde sein würde, ihn herauszuholen und verschwinden zu lassen.

»Miss wer?« sagte er.

»Ach, Menschenskind! Die Kleine, mit der Sie vorgestern nacht geschlafen haben, ohne zu etwas anderem fähig zu sein!«

»Schon gut.« Rudolf fragte sich, ob es irgendeine Situation geben konnte, wo Miss Lasky ihm nicht weit voraus war.

»Sind Sie reisefertig?«

»Denke schon.« Ein Wärter öffnete die Zelle, und Rudolf ging mit seinem Anwalt durch den Korridor. Im Büro bekam er einen großen Umschlag mit Schlüsseln, Taschenmesser, Brieftasche und

Geld. Der Anwalt brachte ihn zu einem Cadillac, und sie fuhren zum Stadtrand.

Bevor Rudolf noch richtig begriff, saß er in einem Hubschrauber. Eine halbe Stunde später landete die Maschine mitten in der Kiesgrube. Flaherty kam aus dem Labor, um zu sehen, was los war. Der Hubschrauber flog davon und ließ Rudolf und den Anwalt zurück.

»Wo ist Lilith?« fragte Flaherty.

Der Anwalt zuckte die Achseln.

»Die Frage ist: Was tun wir jetzt?«

Flaherty seufzte und führte sie in sein Labor. Er schaltete ein Radiogerät ein, und sie setzten sich auf Stühle und Kisten.

»Mein lieber Junge«, sagte Flaherty. »Ich weiß, Sie haben es gut gemeint, aber es wäre mir wirklich lieber, wenn Sie das nicht getan hätten.«

»Warum?«

»Ich sitze den ganzen Morgen hier und versuche mich zu orientieren. Ich habe lange gebraucht, um zu erraten, was Sie vorhatten. Dann fand ich die fehlende Flasche. Dabei dachte ich zuerst, St. Audreys Leute hätten sie gestohlen.«

Rudolf seufzte.

»Was würde das für einen Unterschied machen?«

»Weiß ich nicht«, sagte Flaherty. »Auf lange Sicht gleicht sich alles aus. Niemand kann ein Geheimnis ewig für sich behalten.«

Rudolf zog die Brauen zusammen.

»Reden wir dieselbe Sprache?« fragte er.

»Keine Ahnung. Was dachten Sie, welche Flasche Sie erwischt haben?«

Rudolf spürte einen Stich.

»Welche habe ich genommen?«

»Die mit der reinrassig vermehrten Kultur«, sagte Flaherty.

14

Reichtum ließ sein gedämpftes Signal erschallen. Rudolf erkannte die Hupe des Lamborghini. Er schaute hinaus und sah den orientalisch-roten Wagen. Wachsam ging er zum Tor. Flaherty und der

Anwalt schauten vom Labor aus zu. Aus dem rechten Fenster schob sich ein Männerkopf.

»Können wir reinkommen?« Es war St. Audrey.

Rudolf schaute sich nach den beiden anderen um.

»Jetzt brauchen wir den Brunnen nicht mehr zuzudecken«, sagte Flaherty. Der Anwalt zuckte bestätigend die Achseln.

Rudolf sperrte das Tor auf. Pamela starrte vor sich hin, fuhr hinein und parkte neben dem Schuppen. Sie stiegen aus und gingen ins Haus.

»Ich bin hergekommen, um mich zu entschuldigen«, sagte St. Audrey.

Rudolf starrte Flaherty verwirrt an. Der Ire zuckte die Achseln.

»Da komme ich nicht mit«, sagte Rudolf. »Was für ein Mensch sind Sie eigentlich?«

St. Audrey lächelte strahlend.

»Wenn Sie mich schneiden, blute ich. Ich habe eine Aversion dagegen, blutig, aber ungebeugt dazustehen.«

Rudolf fragte sich, wie er je solche Leute hatte bewundern können.

»Sie wollen vermutlich etwas«, meinte er.

»Nicht mehr als das, was ich immer schon wollte. Ich möchte Sie auf unserer Seite haben.«

»Und wie wollen Sie das erreichen?«

»Bedingungslose Kapitulation.«

»Ihr Wolkenkratzer ist schon eingestürzt?«

Der Anwalt fuhr verzweifelt dazwischen, aber St. Audrey reagierte nicht.

»Ich gebe Ihr Eigentum unbeschädigt und unbenützt zurück«, sagte er. »Würden Sie Ihre Hunde jetzt zurückrufen?«

»Eine merkwürdige Bitte«, meinte Rudolf. »Ich habe Sie nie bespitzeln lassen.«

Flaherty brach in Gelächter aus.

»Mensch«, ächzte er schließlich, »das macht wirklich Spaß!«

Rudolf riß die Augen auf.

»Wir sorgen schon für den Inkubator«, fuhr Flaherty fort. »Gibt es vielleicht eine kleine Gefälligkeit, mit der wir uns erkenntlich zeigen sollen?«

Pamela hatte bisher ins Leere gestarrt, sagte aber nun: »Bitte, Rudy. Das hättest du dem armen Archie nicht anzutun brauchen.«

»Archie?« So hieß der verdammte Mohawk. »Er oder ich.«

»Aber du hättest ihn nicht umzubringen brauchen.«

Plötzlich wußte Rudolf, daß alles Theater war.

»Spar dir das«, sagte er. »Selbst wenn ich dortgewesen wäre, liegt es einfach nicht in meiner friedlichen Natur, so fest zuzuschlagen. Sucht euch einen anderen Sündenbock.«

»Niemand macht Sie zum Sündenbock«, sagte St. Audrey. »Können wir offen sprechen?«

»Das hängt davon ab, ob Riordan noch seine Mikrofone und Kameras drüben im Sumpf bedient.«

»Er ist fort, seitdem wir den Inkubator – bekommen haben. Machen Sie sich da keine Sorgen«, fuhr St. Audrey fort. »Ich möchte lieber Schluß machen mit diesen Dingen. Wir brauchen keine weiteren Leichen mehr, nicht wahr?«

»Ich hatte mit dem, was Sie meinen, nichts zu tun.«

»Bitte, Rudy«, jammerte Pamela, »können wir nie mehr ein Badezimmer benützen?«

Rudolf begriff plötzlich, daß niemand ihn beschuldigte, einen Menschen mit einem Coup-Stab erschlagen zu haben. Er begriff, was mit dem Mohawk geschehen war. Pech, dachte er. So unsympathisch war ihm der Kerl gar nicht gewesen.

»Ich soll also eure Badezimmer entseuchen?«

St. Audrey hob die Hände.

»Ja.«

»Nein.« Rudolf gab ihm den Inkubator zurück.

»Ihr sehnlichster Wunsch«, lockte St. Audrey.

»Das Haupt meines Feindes auf dem Tablett?«

St. Audrey riß die Augen auf, und Rudolf führte ihn und seine wunderschöne, rothaarige Tochter zurück zum Auto und hinaus zum Tor.

»Fahren wir heim«, sagte er, als der Lamborghini fort war.

Flaherty und der Anwalt waren noch immer im Schockzustand. Sie nickten, und Flaherty führte sie zu einem neuen Plymouth.

»Seit wann haben Sie den?« fragte Rudolf.

»Seit gestern, als Lilith kam und sagte, daß der Laster beschlagnahmt sei.«

Rudolf ächzte.

Sie kamen gemeinsam mit einem anderen, älteren Fahrzeug am Haus an. Rudolf kniff die Augen zusammen und erkannte den Hausmeister der Reservatsschule, begleitet von den jüngeren Indianern.

»Was habt ihr erreicht?« rief er.

Der alte John schüttelte den Kopf.

»Gegen den weißen Mann kommt man nicht an«, erwiderte er. »Das ganze Reservat wird überflutet.«

Rudolf gab einen angewiderten Laut von sich.

»Kommt rein. Vielleicht finden wir was zu essen.«

Als sie hineingingen, läutete das Telefon.

»Rudolf?« Es war St. Audreys Stimme.

»Ja?«

»Ich würde Ihnen das Haupt Ihres Feindes auf einem Tablett bringen, aber meine Religion verbietet Selbstmord. Zwischen uns muß doch ein privates Abkommen möglich sein . . .«

Rudolf blickte ins Zimmer hinein, wo Flaherty sich mit den bedrückten Indianern unterhielt, und wußte plötzlich, daß es etwas gab, was er haben wollte.

»Kommen Sie sofort her«, sagte er und legte auf.

Wenige Minuten später klopfte St. Audrey. Pamela blieb diesmal im Wagen.

»Das sind meine Brüder«, sagte Rudolf und zog sich von Flaherty einen verblüfften Blick zu. »Helfen Sie ihnen in der Stunde der Not.«

»Was wollen sie?« fragte St. Audrey.

Der alte John berichtete von dem gebrochenen Vertrag und den Staudammideen.

St. Audrey wählte elf Ziffern und sprach ein paar Sätze.

Die Augen des Anwalts verengten sich, als er hörte, welchen Namen St. Audrey erwähnte.

»Augenblick«, sagte er und griff nach dem Hörer. »Kann ich Ihren vollen Namen haben, Sir?« Selbst auf der anderen Seite des Zimmers konnte Rudolf hören: »Wer, zum Teufel, hat Ihnen die Nummer gegeben?«

»Danke«, sagte der Anwalt und gab den Hörer zurück.

»Ohne Vorbereitung ist diese Stimme schwer nachzumachen«, sagte er mit schiefem Lächeln.

Als St. Audrey auflegte, strahlte er und sagte: »Erledigt.«

Diesmal glaubte ihm Rudolf.

Man schüttelte sich zufrieden die Hände, während der alte John und die jüngeren Indianer sich überzeugten, daß sie keiner Halluzination zum Opfer gefallen waren.

»Ich möchte Sie nicht drängen«, sagte St. Audrey unterwürfig, »aber jedes Zögern kann ein weiteres Menschenleben kosten.«

Die Indianer begriffen und verabschiedeten sich.

»Augenblick mal«, sagte Rudolf. »Wie steht es mit Geld bei euch?«

Sie schwiegen verlegen.

»Ein bißchen knapp«, gestand einer der jüngeren Männer endlich. »Wir haben drei runderneuerte Reifen kaufen müssen.«

»Nehmt unser Auto«, sagte Rudolf. »Wir kaufen ein neues.« Er sah St. Audrey durchbohrend an, was einige große Scheine zutage förderte. »Meldet euch«, sagte Rudolf und wandte sich an St. Audrey. »Also, gehen wir.«

»Ich wußte, daß ich den Cadillac hätte mitbringen sollen«, murmelte St. Audrey.

Rudolf sah den Anwalt an.

»Können Sie den Hubschrauber herholen?«

Eine Stunde später waren sie in Northumber, mit Ausnahme von Pamela, die den Lamborghini heimfuhr. Rudolf näherte sich dem Schauplatz vom Ende des Mohawk und stieß die Tür mit einem Besen auf.

»Tuchi«, rief er, »ich habe ihn. Tuchi! Bist du da?«

Keine Antwort. Rudolf versuchte es noch ein paarmal, dann gab er auf. »Wir sind vielleicht noch länger hier«, meinte er. »Wie steht es mit meinem ersten Monatsgehalt?« Er sah den Anwalt an, dessen Namen er immer noch nicht erfahren hatte.

»Nehmen wir das erste Jahr, und sagen Sie nie Gehalt, wenn Sie Kapitalgewinn meinen, auf den die Steuern schon bezahlt sind«, erwiderte der Anwalt.

St. Audrey schnitt eine Grimasse. Der Anwalt öffnete die Aktentasche. Flaherty gähnte und wanderte in der Bibliothek herum. Schließlich legte er sich auf ein Sofa und schlief ein. Rudolf versuchte es noch einmal am Badezimmer. Immer noch keine Tuchi.

Der Anwalt hatte seine Arbeit getan. St. Audrey schien wieder guter Stimmung zu sein, obwohl er eben mehrere Millionen Dollar hatte herausrücken müssen.

Rudolf wartete ein paar Minuten und ging noch einmal hinauf. Diesmal schob sich Tuchis dreieckiger Kopf aus der Schüssel.

»Er ist in der Nähe«, sagte sie. »Ich rieche ihn.«

Rudolf hielt ihr den Inkubator hin.

»Für die Falle hätte ich ein Angebot«, sagte er.

»Wen willst du umbringen?«

»Äh – niemand. Herrgott, haben wir nicht schon genug Tote?«

»Das ist eine Sache des persönlichen Geschmacks«, fauchte Tuchi.

»Ich möchte lernen, wie man das superharte, superverformbare Kristallmaterial herstellt.«

»Oh!« Tuchi streckte ein Pseudopodium aus und ergriff den Inkubator. »Das ist einfach. Dazu brauchst du die Falle nicht.«

Flaherty kam gähnend herein.

»Du fliegst jetzt, nehme ich an?« sagte er zu dem Wesen.

»Es wird eine Weile dauern, bis der Antrieb gereinigt ist. Dazu kommt das Problem meiner Familie.«

»Du nimmst sie doch mit?« fragte Rudolf hoffnungsvoll.

»Wenn sie das Reisealter erreicht hat. Natürlich muß ich ein größeres Schiff bauen.«

Rudolf erschrak.

»Äh – wie lange dauert denn das?«

Es gab eine kleine Pause, als Tuchi umrechnete.

»Hundertvierundvierzig Jahre«, sagte sie.

Rudolf setzte sich.

»Nehmen Sie es nicht so schwer«, tröstete ihn St. Audrey, als Tuchi in der Schüssel verschwunden war, ohne mitzuteilen, wie man die superharten, superverformbaren Kristalle erzeugte.

»Warum nicht?« sagte Rudolf.

»Ich sehe interessante Zeiten voraus, aber Sie sind, wie ich, ein professioneller Überlebender.«

Rudolf sah seinen Erzfeind nachdenklich an. Er wandte sich an Flaherty und den Anwalt.

»Wir sind hier fertig, nicht wahr?«

Der Anwalt nickte. Rudolf gab nach kurzem Zögern St. Audrey die Hand, und sie bestiegen den Hubschrauber zum Rückflug, der eine halbe Stunde dauerte.

»Ich weiß nicht, warum Sie in einem solchen Loch leben«, sagte der Anwalt, als sie wieder in dem kleinen weißen Haus waren. »Sie verstecken sich doch nicht mehr.«

Rudolf wußte selbst nicht, wozu er noch hier war.

»Sie kommt nicht wieder«, sagte Flaherty.

Rudolf zuckte schuldbewußt zusammen.

»Wer?«

»Pamela.«

Zu seiner Überraschung kam Rudolf dahinter, daß er nicht an Pamela gedacht hatte. Sie gehörte wohl zu den unerreichbaren Zielen. Nachdem er sie mehrmals erreicht hatte ... Um weitere Diskussionen zu verhindern, schaltete er den Fernsehapparat ein und suchte die Nachrichten.

Es war die falsche Tageszeit. Flaherty schenkte sich aus einer Plastikflasche ein und bot Rudolf zu trinken an. Rudolf schauderte. Der Anwalt trank einen Höflichkeitsschluck und beschäftigte sich dann mit seinen Papieren.

»Wenn ich davon ausgehen kann, daß Sie vierundzwanzig Stunden nichts anstellen, hätte ich in der Stadt zu tun«, meinte er.

»Andere Klienten?«

»Vier unter Volljährigkeit. Meine Frau verliert die Form, wenn ich mich in der Woche nicht wenigstens einmal sehen lasse.«

Rudolf begleitete ihn zur Tür, dann setzte er sich wieder vor den Fernseher. Diesmal sah er sich als wilden Indianer, während die goldene Horde auf St. Audreys letztem Aluminiumträger herumkritzelte.

»Wiederholungen auch noch«, sagte er.

Flaherty grinste.

»Lilith hätte beinahe der Schlag getroffen. Sagen Sie, mein Junge, war es gefährlich da oben?«

»Da müssen Sie einen anderen fragen. Ich war zu dem Zeitpunkt nicht da.«

»Übrigens, ich möchte wissen, wo sie ist?«

Der Bildschirm zeigte jetzt Lilith, noch immer in Hotpants und Pullover.

»Also, Miss Lasky«, sagte der Reporter, »Sie haben als erste die Geschichte des jungen Indianers gebracht, der in einer verlassenen Kiesgrube Medizinmann spielte. Besteht nach Ihrer Meinung ein Zusammenhang zwischen dieser Geschichte und der plötzlichen Porösität, die auf der Autobahn nach Hartford den Beton aufweicht?«

Lilith blickte unschuldig in die Kamera.

»Nun, wenn jemand Anzeige wegen Hexerei machen möchte –«

Der Kommentator lachte.

Rudolf sah Flaherty an. Plötzlich waren sie beide auf den Beinen. Rudolf erreichte das alte Auto, das der Hausmeister für das neue hinterlassen hatte, als erster. Sie fuhren stumm zur Kiesgrube. Rudolf sperrte auf, und sie eilten in Flahertys Labor.

Der Betonboden hatte sich in Schlamm verwandelt. Eine Mauer zerbröckelte schon, das Dach begann sich zu senken. Rudolf sah Flaherty an und wußte, daß der Ire noch genauer voraussah, was geschehen würde, als er.

»Aber das begreife ich nicht«, protestierte Rudolf. »Aluminium ist doch nur ganz wenig in Beton.«

»Richtig, und Leim ist ganz wenig in den Möbeln, wenn man es so ausdrücken will.«

»Kann man das noch aufhalten?«

Flaherty seufzte.

»Solange es Aluminiumoxyd gibt, wird ein Teil der Kultur ungeschlechtlich bleiben. Deshalb hat Tuchi uns gewarnt, den Inkubator zu öffnen. Aber sagen Sie, mein Junge, wie ist das Zeug auf die Straße gekommen?«

»Ich habe die leere Flasche hinten auf den Laster geworfen. Durch den Regen muß sich das Zeug verdünnt haben und auf die Straße gelaufen sein.«

»Sie werden nicht sehr beliebt sein, wenn die Leute erst begreifen, was Sie da losgelassen haben.« Flaherty seufzte wieder. »Das ist wie in einem irischen Märchen. Die Kobolde erlauben einem drei Wünsche, aber am Ende hat der Wünschende immer die skatotropische Hand. Das ist immer so.«

»Skatotropisch?«

»Ja, mein Junge. Die Menschen strengen sich so an, und alles verwandelt sich in –«

»Angenommen, es ist wirklich so schlimm«, sagte Rudolf, »wollen Sie dann auf der Seite der Gewinner sein?«

»Nicht unbedingt«, sagte Flaherty. »Aber es ist immer noch besser als zu verlieren.«

»Dann gehen wir heim und beantworten unsere Post.«

Auf der Rückfahrt dachte Rudolf an St. Audrey. Er fragte sich, ob er nicht unbewußt schon an seinen Vorteil gedacht hatte, als er den Indianern Flahertys Wagen gegeben hatte.

Gib Freud die Schuld. Er fragte sich, ob andere Generationen wirklich je an die einfachen Dinge wie Gutsein und Freundlichkeit geglaubt hatten. Wahrscheinlich nicht, wenn man an die Verträge mit den Indianern dachte. Wie würde St. Audrey abschneiden? In den bevorstehenden Katastrophen würde niemand den Einsturz seines Gebäudes bemerken.

»Also, an die Arbeit«, sagte Flaherty.

Sie gingen ins Haus und begannen Post zu öffnen und zu sortieren. Rudolf stellte Schecks aus. Stunden später kam Lilith. Sie sah sie lange an, sah, wohin das Geld ging, und ächzte.

»So ist das?« sagte sie.

Rudolf nickte.

»Bin ich dunkelhäutig genug, um durchzukommen?«

»Ganz bestimmt. Wir müssen für Sie und Flaherty nur noch Totemtiere finden.«

Lilith setzte sich ans Telefon, und am nächsten Morgen hatten sie Personal, das Post öffnete und sortierte. Binnen einer Woche waren die Millionen, die Rudolf St. Audrey abgenommen hatte, fort. Flaherty gab sein Geld auch noch dazu, für die größte Geschenkverteilung, seitdem der ältere Rockefeller entdeckt hatte, daß auch er sterblich war.

Sie verteilten die ausländischen Bankguthaben und gaben sich alle Mühe, unter den nordamerikanischen Stämmen alles gleichmäßig zu verteilen. Jedem Scheck war eine hektographierte Empfehlung beigefügt, ihn sofort einzulösen.

»Sollte man sie nicht auffordern, das Geld für überlebenswichtige Dinge auszugeben?« fragte Lilith.

»Nein«, sagte Rudolf entschieden und entdeckte, daß Flaherty völlig seiner Meinung war.

»Panik wird es bald genug geben«, sagte der Ire, »sobald die Leute begreifen, daß alles vorbei ist – daß von jetzt an die Erde nicht mehr den krebsartigen Bevölkerungszuwachs tragen kann, der unser Jahrhundert verseucht hat.«

»Aber die Indianer versucht ihr doch zu retten«, meinte Lilith.

»Durchaus nicht«, sagte Rudolf. »Die Indianer werden sich selbst retten. Leute, die nie viele Vorteile von der Zivilisation gehabt haben, werden es zu ertragen wissen, wenn sie dahinscheidet.«

»Wozu gebt ihr dann das ganze Geld her?«

»Es kommt aus der Mode. Ich kaufe jedem Indianer auf diesem Kontinent die Chance, sich einmal alles leisten zu können – sich elegant anzuziehen, sich zu überfressen, alles zu erwerben, was er bisher nicht hat haben können.«

»Und was haben Sie davon?«

Rudolf lächelte.

»Haben Sie schon an eine Zuflucht gedacht?«

»Dauernd. Wenn die Leute begreifen, was mit der Welt geschieht, werden Sie kein kultureller Held sein.«

Rudolf sah Flaherty an.

»Wieviel Zeit haben wir?«

»Woher soll ich das wissen. Das ist das erstemal, daß ich die Zivilisation vernichte.«

»Aber ich dachte, Ihre Kenntnisse in der Genetik . . .«

»Nach allem, was ich auf dem Bildschirm sehe, machen sich die Leute schon Sorgen. Sie können sich darauf verlassen, daß St. Audrey sich eine Insel gekauft und eine ausgerüstete Jacht bereitstehen hat. Von New York aus wird es sich ausbreiten, aber niemand weiß, wie lange es dauern wird.«

»Wenn die Leute durch die Straßen von New York gehen und am Kennedy-Flughafen Schlamm in die Flugzeuge tragen –«

»Fahren wir auf eine Insel?« fragte Lilith.

»Nein, und St. Audrey wird es auch nicht tun«, sagte Rudolf. »Ein professioneller Überlebender möchte bleiben, wo sich etwas tut.«

»Wohin gehen wir?« fragte Flaherty.

»Wo es Zement nie gegeben hat. Hier unten wird es interessante Zeiten geben, aber auch den Pöbel.«

»Sie sehen, die Geisteswissenschaften haben Sie doch nicht verdorben, mein Junge!«

Es dauerte eine Woche, aber als ihr Wasserflugzeug abhob, um zu den Wäldern im Norden zu fliegen, waren die drei für den Hausbezug vorbereitet. Sie richteten sich ein und verteilten Geschenke an ihre neuen Nachbarn, so daß sie am Ende nichts mehr hatten, was sich lohnte, gestohlen zu werden.

Epilog

Rudolf war ein wenig überrascht darüber, daß sein Sohn genau in dem Alter war wie er an dem Tag, den sie jetzt ›I-Tag‹ nannten, an dem Rudolf den Indianern alles zurückgegeben hatte.

Im Seichten paddelnd, wo es leichter ging, umrundete er eine Landspitze und konnte sich ausruhen. Das Angenehme daran, fünfzig Jahre alt zu sein, dachte Rudolf, war, daß es ihn nicht mehr schmerzte, wenn er zugeben mußte, daß seine Söhne bessere Paddler waren. Das war natürlich, weil es Außenbordmotoren und Benzin immer seltener gab.

Eine Weile hatte es so ausgesehen, als schaffe es der weiße Mann noch einmal, aber auf die Dauer überlebten vor allem jene, die von der Eisenbeton-Zivilisation nie viel gehabt hatten.

Damals, als Flaherty noch nostalgisch an Außenbordmotoren gebastelt und gelegentlich einen mit dem Saft seiner Hefe zum Laufen gebracht hatte, war der Ire gern mit einem Voltairezitat gekommen – daß Geschichte das Geräusch von seidenen Hausschuhen sei, die die Treppe herabkämen, während genagelte Stiefel hinaufrasten. Aber Rudolf lag entspannt auf einer Lieferung Wildreis im großen Kanu, während seine Söhne die Segel spannten, und er trug Mokassins.

Es war alles so plötzlich gegangen. Die Leute hatten Witze darüber gerissen, daß man alles den Indianern zurückgeben sollte. Später, als sämtliche Staudämme, Gebäude, Straßen, Gehsteige und Autobahnen ihren Sauerstoff freigesetzt und sich in fruchtbaren Schlamm verwandelt hatten, der Unkraut, dann Gras und schließlich Bäume hervorbrachte – da war es zu spät gewesen. Diejenigen, deren Leben von Schrittmachern, Insulin, Beruhigungsmitteln, Elektrizität oder Benzin abhing, behinderten die Gen-Masse nicht mehr.

Er fragte sich oft, was aus St. Audrey geworden sein mochte. Wahrscheinlich dasselbe, was neun von zehn Menschen in den hochindustrialisierten Ländern geschehen war. An dem Tag, als er mit einer Zange und einer Tasse von Flahertys Müllsaft einen Backenzahn verloren hatte, war Rudolfs Erinnerung an die alte Zeit mit ein wenig Sehnsucht verbrämt gewesen. Auch wenn er reine

Luft atmete und das frische Wassers des Erie-Sees trank, war Rudolf davon überzeugt, daß er nicht so viele Jahre leben würde, wie er im Smog hätte leben können, aber wenigstens lebte er sie.

In der klaren, blauen Ferne konnte er ihren Landeplatz für den Abend sehen. Das Kanu tanzte im frischen Wind dahin, der älteste Sohn döste im Bug, während der zweitälteste steuerte. Rudolf warf einen Köder über Bord. Binnen Sekunden hatte er einen sechzig Zentimeter langen Hecht. Er warf ihn wieder hinein und nahm einen anderen Köder, weil er auf Lachs hoffte, der über die Schnellen heraufkam, übrig von den Niagara-Fällen, nachdem das Betonflickwerk dort zusammengebrochen war.

Wieder ein Ruck. Rudolf zog die Schnur Hand über Hand herein und entdeckte . . .

»Tuchi!« knurrte er. »Muß das sein?«

Das Wesen tauchte zu beiden Seiten des Kanus auf und hüpfte herum wie eine Seeschlange.

»Nur nicht aufregen«, sagte sie. »Ich treibe dir Fische zu.«

Rudolf lächelte und sagte sich, daß er ein schlechteres Totemtier hätte finden können. Er zog wenige Minuten später zwei Lachse herein, reckte sich und atmete die herrlich frische Luft. Herrgott, war es nicht schön, um diese Jahreszeit auf Handelsfahrt zu gehen?

Als er zwei Stunden später erwachte, stand die Sonne noch hoch, und die anderen Kanus strebten auf den Landeplatz zu. Mitten im größten schnarchte der alte Flaherty auf dem Stapel Häuten, den er gegen das Produkt seiner widerstandsfähigen Hefe eingetauscht hatte.

Sie landeten und schlugen das Lager auf. Während die kleineren Kinder umhertollten und brüllten, auf der Suche nach Brennholz, betrachtete Rudolf den Himmel und beschloß, auf ein Zelt zu verzichten. Unten am Ufer nahm eine schlanke, schwarzhaarige Frau die Lachse aus, die Tuchi ihm zugetrieben hatte. Sie hob den Kopf, als er herankam.

»Hallo, Liebster«, sagte Lilith. »Schöner Tag für dich?«

»Es geht«, sagte Rudolf. »Sie werden immer schöner.«

ENDE

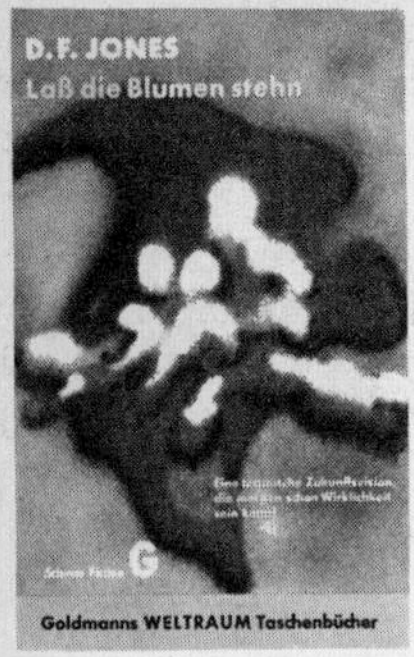

D. F. Jones
Laß die Blumen stehn
Utopisch-technischer Roman
192 Seiten. Band 0147.

Bei Probebohrungen am Grund des Pazifiks wird der Erdmantel durchstoßen. Gigantische Mengen Stickstoff, seit Jahrmillionen unter Druck eingeschlossen, dringen an die Oberfläche. Der Sauerstoffgehalt der Erdatmosphäre geht zurück, und große Flächen der USA werden unbewohnbar!

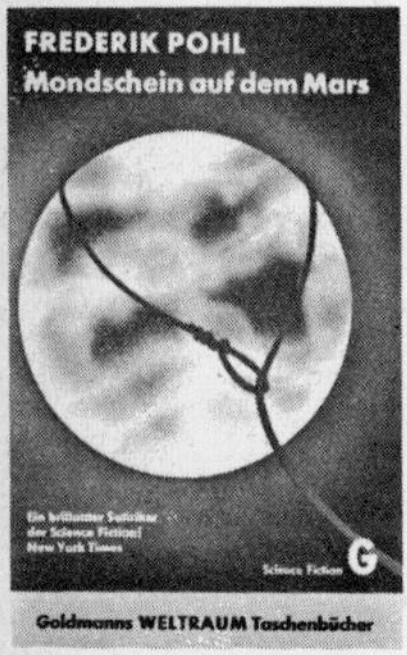

Frederik Pohl
Mondschein auf dem Mars
Utopisch-technische Erzählungen
192 Seiten. Band 0148.

Erzählungen voll Phantasie und Witz; sie reichen von einem kleinen Kaff in den USA bis zur Venus. Ihr Verfasser: ein vielseitiges Talent und ein berühmter Science-Fiction-Autor. Die New York Times schreibt über Frederik Pohl: »Ein brillanter Satiriker der Science-Fiction!«

Howard Berk
Das Zeichen der Lemminge
Utopisch-technischer Roman
192 Seiten. Band 0149.

Die Bevölkerungsexplosion hat den Punkt längst überschritten, wo die Vernunft endet und das Chaos beginnt. Die Erde kann ihre Bewohner nicht mehr versorgen. Da setzt eine Wesensveränderung des Menschen ein, die mit dessen natürlicher Selbstzerstörung endet. Schon in ein paar Generationen wird die Erde wieder wüst und leer sein.

Goldmann SCIENCE FICTION

James Ross
Im Namen der Menschheit
Utopisch-technischer Roman
160 Seiten. Band 0151.

Nach Jahrhunderten interplanetarischer Kriege hat der Mensch ein galaktisches Schiedsgericht ins Leben gerufen, das weitere Konflikte zu einer Art Gottesgericht reduziert. Zwei Champions werden auserwählt und kämpfen gegeneinander mit allen zur Verfügung stehenden Mitteln. Dieser Kampf bringt Zerstörung und bittere Verluste für die Menschheit!

Harlan Ellison
Der silberne Korridor
Utopisch-technische Erzählungen
192 Seiten. Band 0152.

Wollen Sie eine Reise irgendwohin ins Nirgendwo machen? Es gibt nur zwei Möglichkeiten, dorthin zu kommen: Sie können einen Computer-Zug besteigen und Ihren Nachbarn im Raumanzug bewundern – oder dieses Buch lesen. Zurück kommen Sie in keinem Fall . . .

Bob Shaw
Die Antikriegs-Maschine
Utopisch-technischer Roman
160 Seiten. Band 0153.

Der Mathematiker Luke Hutchman war ein Mann wie Millionen andere: Er überwachte Raketen-Leitsysteme. Er entwickelte nicht einmal einen besonderen Ehrgeiz. Bis er eines Tages entdeckte, daß er es in der Hand hatte, die Welt auf einen Schlag zu vernichten – oder sich selbst. Seine Mitmenschen entscheiden sich für die zweite Lösung . . .

WILHELM GOLDMANN VERLAG MÜNCHEN

Goldmann SCIENCE FICTION

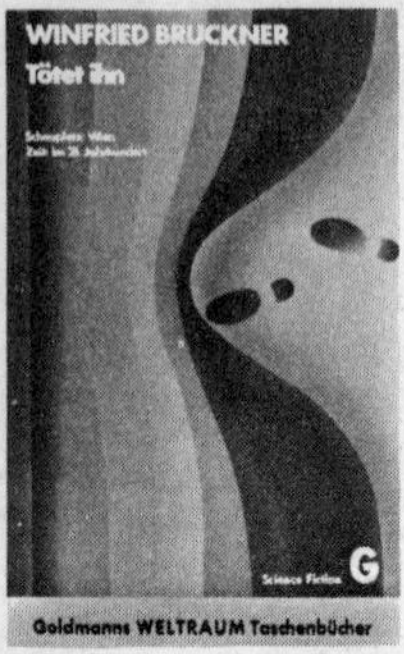

Winfried Bruckner
Tötet ihn
Utopisch-technischer Roman
160 Seiten. Band 0157.

Im Wien des 21. Jahrhunderts herrscht die Welt, die George Orwell für »1984« vorhergesehen hat. Das Leben findet unter der Erde statt; die Bevölkerung wird scharf überwacht. Unter der Leitung eines jungen Arztes bricht in einem der unterirdischen Stadtviertel die lang erwartete Revolte aus . . .

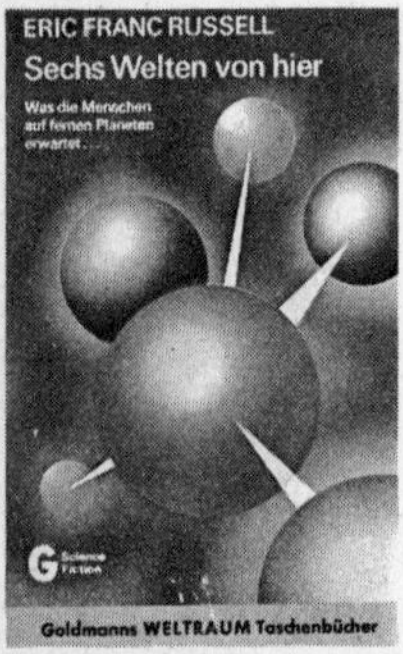

Eric Franc Russell
Sechs Welten von hier
Utopisch-technische Erzählungen
160 Seiten. Band 0158.

Eines steht fest: Es gibt keine zwei Welten, die einander gleichen! In diesen Erzählungen über interstellare Entdeckungsreisen präsentiert der berühmte amerikanische Science-Fiction-Autor acht bemerkenswerte Möglichkeiten. Jede dieser Welten ist einmalig und unverwechselbar – Science Fiction der Spitzenklasse!

Richard Cowper
Welt ohne Sonne
Utopisch-technischer Roman
192 Seiten. Band 0159.

Zweitausend Jahre nach der atomaren Verwüstung der Erde leben die Menschen in unterirdischen Städten. Sie wissen nicht, daß die Oberfläche unseres Planeten wieder bewohnbar geworden ist. Und sie dürfen nicht erfahren, daß das Leben dort oben besser und freier ist als unten in den Bunkerstädten . . .

WILHELM GOLDMANN VERLAG MÜNCHEN

Goldmann SCIENCE FICTION

Kris Neville
Jenseits der Mondumlaufbahn
Utopisch-technischer Roman
160 Seiten. Band 0160.

Jenseits der Umlaufbahn des Mondes befindet sich eine gigantische Weltraumstation, besetzt mit außerirdischen Lebewesen. In ihrem Zentrum leben rund tausend männliche und weibliche mutierte Wesen. Ihnen wurde der Haß gegen alles Menschliche eingeimpft. Denn bald sollen sie sich auf die Erde begeben und ihr Vernichtungswerk beginnen ...

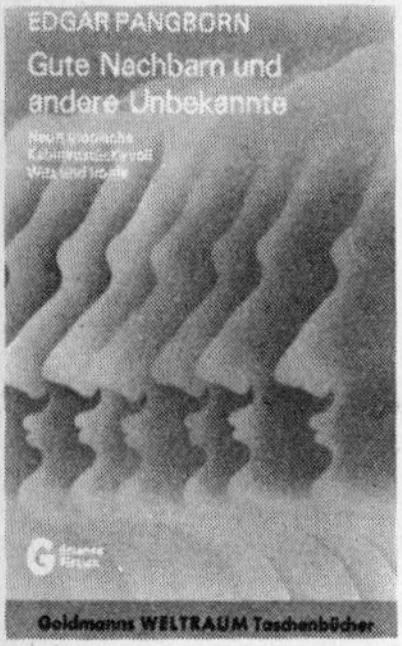

Edgar Pangborn
Gute Nachbarn und andere Unbekannte
Utopisch-technische Erzählungen
160 Seiten. Band 0161.

Neun utopische Kabinettstücke voll Witz und Ironie. Edgar Pangborn stellt das Seltsame dem Alltäglichen gegenüber und reißt den Leser hinein in eine neue, kaum veränderte Wirklichkeit. In allen Erzählungen bleibt er mit beiden Füßen auf der Erde, und doch enthält jede ein gerüttelt Maß an gespenstischer, ironischer und mitunter mystischer Magie.

Richard Cowper
Homunkulus 2072
Utopisch-technischer Roman
160 Seiten. Band 0162.

Es ist das Jahr 2072. Eine Biologin hat vier Embryos künstlich aufgezogen und durch ein Nervengas der Erinnerung beraubt. Alvin, einer der vier, hat Zukunftsvisionen und wird zusammen mit seinem ›Arbeitskollegen‹ Norbert, einem Schimpansen, nach London geschickt. Dort erleben sie die merkwürdigsten Abenteuer in einer total überbevölkerten, computerisierten Welt.

WILHELM GOLDMANN VERLAG MÜNCHEN

Goldmann SCIENCE FICTION

T. J. Bass
Die Ameisenkultur
Utopisch-technischer Roman
192 Seiten. Band 0163.

Tief unten in den Schachtstädten leben drei Trillionen menschenähnlicher Wesen. Sie nennen sich zwar ›Homo sapiens‹, aber sie sind zu kleinen, der Umwelt angepaßten Geschöpfen mutiert. Bis eines Tages das ›perfekte‹ System ihrer automatischen Kultur nicht mehr funktioniert ...

Brian N. Ball
Die Nacht der Roboter
Utopisch-technischer Roman
160 Seiten. Band 0164.

Die Erde ist längst zu einem verwüsteten Museumsstück für Besucher von anderen Planeten geworden. Eine Gruppe von Touristen besieht sich die alten Befestigungen und gerät in die Tiefen der Roboterbunker. Das Raumschiff der Besucher wird vernichtet. Die Armee der Roboter erwacht und beginnt den Kampf gegen das Universum ...

Christopher Priest
Transplantationen
Utopisch-technische Erzählungen
160 Seiten. Band 0165.

Mit ein paar Strichen gelingt es dem bekannten Autor, die Veränderungen und Möglichkeiten einer nahen Zukunft aufzuzeigen. Fesselnde Erzählungen, die aus den Gegebenheiten unserer Zeit heraus das Morgen auszuloten versuchen!

WILHELM GOLDMANN VERLAG MÜNCHEN